Klarant Verlag

Die gebürtige Ostfriesin ***Sina Jorritsma*** aus der Krummhörn studierte in Hamburg Germanistik und Philosophie, bevor sie wieder in ihre Heimat zurückkehrte. Sie veröffentlicht unter Pseudonym, weil sie ihre Umgebung genau beobachtet und Ereignisse aus ihrem Leben in ihre Geschichten einfließen. Das Romaneschreiben ist ihr kleines Geheimnis, das nur wenige Menschen kennen. Bei einer großen Kanne Ostfriesentee mit Sahne und Kluntjes kann sie halbe Nächte durchschreiben, tagsüber hält sie sich mit Joggen fit. Sina Jorritsma lebt mit ihrer Familie in einem kleinen Ort bei Emden.

Sina Jorritsma

Friesendolch

Ostfrieslandkrimi

Klarant Verlag

Klarant Verlag, www.klarant.de – www.ostfrieslandkrimi.de
ISBN: 978-3-96586-649-2
1. Auflage 2022
Umschlagabbildung: Klarant Verlag

Printed in the EU.

Kapitel 1

Kommissarin Mona Sander von der Polizei Borkum wurde durch das Klingeln ihres Smartphones aus dem Schlaf gerissen. Sie blinzelte, fuhr sich mit der flachen Hand über das Gesicht und tastete nach dem Gerät auf ihrem Nachttisch.

»Moin, hier ist Britt von der Nachtschicht. Tut mir leid, dass ich dich so früh stören muss …«

»Schon gut. Ich vermute, dass du nicht aus Langeweile anrufst.«

»Nee, leider nicht. Claas und ich haben am Strand eine Leiche gefunden.«

»Und es handelt sich nicht um einen Unfall oder einen natürlichen Tod?«

»Davon gehe ich nicht aus, Mona. Der Griff des Messers, das in der Brust steckt, ist nicht zu übersehen.«

Die Ermittlerin unterdrückte einen Fluch. Sie schaute auf die Digitalanzeige ihres Weckers. Dort wurde 5.20 Uhr angezeigt. Das war selbst für eine Frühaufsteherin wie Mona sehr zeitig, um sich aus dem Bett zu quälen. Doch bei einem Tötungsdelikt kam es auf jede Minute an.

»Alles klar, Britt. Ich werde jetzt versuchen, Enno zu erreichen. Kontaktierst du bitte einen Arzt, um offiziell die Todesursache festzustellen? Wo genau befindet ihr euch?«

»Wir sind am Hauptstrand, unterhalb vom Restaurant *Heimliche Liebe*. Der Tote liegt in einer Strandmüllbox.«

Mona presste die Lippen aufeinander. Sie kannte diese Behälter aus Metallgeflecht natürlich. Normalerweise ging sie jeden Morgen vor dem Dienstbeginn mit ihrer Dogge Rufus zur Nordsee hinunter, um ihre Lungen mit der guten Luft zu füllen und das Meeresrauschen und die frühmorgendliche Ruhe zu genießen. Dieses Ritual würde heute ausfallen müssen. Und eine Leiche in einer Abfallsammelstelle? Krasser hätte der Täter seine Geringschätzung für das Opfer nicht ausdrücken können, wie sie fand.

»Ich bin so schnell wie möglich bei euch, Britt.«

Mit diesen Worten beendete die Kommissarin das Telefonat. Danach rief sie sofort bei ihrem Kollegen an.

»Moll.«

»Moin, Birte. Hier ist Mona. Könntest du bitte deinen Göttergatten wecken? Es gibt einen Einsatz für uns, er soll zum Strand unterhalb der *Heimlichen Liebe* kommen. Und es wäre toll, wenn du heute ausnahmsweise mit Rufus Gassi gehen könntest. Ich werde es jetzt gleich zeitlich nicht schaffen.«

»Ja, das mache ich«, erwiderte die Ehefrau des Oberkommissars. »Ich habe ja Routine darin, Enno wachzurütteln. Und dein Hund gehört ja sozusagen schon zur Familie.«

Mona bedankte sich und legte auf. Ihre Wohnung war leider zu klein für die riesige Dogge, daher lebte Rufus größtenteils im Haus der Molls. Doch die Kommissarin ließ es sich normalerweise nicht nehmen, jeden Morgen eine ausgiebige »Hunderunde« mit ihrem Liebling zu drehen. Sie duschte schnell und zog sich frische Kleidung an. Als Zivilfahnderin trug sie meist Jeans, feste Schuhe mit Profilsohle, einen Baumwollpullover und eine Windjacke. Ende September war es auf der Insel morgens schon recht kühl, man konnte den herannahenden Herbst spüren. Die vielen Sonnenstunden tagsüber deuteten allerdings auf einen bevorstehenden »goldenen Oktober« hin. Borkum war auch in der Nebensaison ein beliebtes Reiseziel für Erholungssuchende, und die Patienten der Kurkliniken wurden ohnehin zu jeder Jahreszeit hierher geschickt.

Mona zog den Reißverschluss ihrer Jacke zu und verließ das Haus in der Walfangerstrate. Sie holte ihr Fahrrad aus dem Schuppen und fuhr Richtung Strand. Für die Strecke benötigte sie keine zehn Minuten. So früh am Morgen herrschte praktisch überhaupt kein Straßenverkehr. Borkum war zwar keine komplett autofreie Insel, doch viele Strecken waren zumindest zeitweise für die Durchfahrt gesperrt. Mit dem Rad kam sie einfach am schnellsten zum Ziel, und für größere Entfernungen benutzten sie und ihr Kollege ohnehin den Dienstwagen. Jetzt – Ende September – fand der Sonnenaufgang erst gegen halb acht Uhr morgens statt. Ihre Fahrt wurde durch das Summen des Radlampendynamos untermalt. Der Wind frischte auf. Mona hatte ihre schulterlangen rotblonden Haare mit einem Band im Nacken zusammengebunden. Sie ließ ihr Rad durch die Süderstraße rollen und genoss einen Moment lang den Blick auf die unendlich weit erscheinende dunkle Fläche der Nordsee vor ihr. Nur hier und da waren die roten oder weißen Positionslaternen eines Schiffs zu erkennen, das am Horizont vorbeizog. Die Kommissarin ließ ihr Gefährt an der breiten und gut ausgebauten Promenade zurück. Sie stieg eine der Metalltreppen hinunter zum Strand. Der Sand unter ihren Schuhsohlen war feucht, es roch nach Seetang. Mona hielt ihre

Taschenlampe in der Hand. Ein Stück weit vor ihr erblickte sie zwei weitere Lichter, die von den Leuchten ihrer uniformierten Kollegen stammten. Sie stapfte auf die beiden zu und begrüßte Polizeimeisterin Britt Mölders und Polizeimeister Claas Lammer mit einem Händedruck. Die beiden standen neben einer Strandmüllbox. Darin befanden sich Papierfetzen, Plastiktüten, Konservendosen, Schuhe, zerfetzte Textilien und anderer Abfall. Die Kommissarin pflegte bei ihren morgendlichen Hunderunden stets selbst angespülten Müll aufzuheben und in einem der Behälter zu deponieren. Dafür waren diese gedacht.

Der Leichnam wirkte auf makabre Weise fehl am Platz. Es handelte sich um einen jungen Mann von Mitte bis Ende zwanzig. Die Kriminalistin richtete den Lichtstrahl ihrer Taschenlampe auf ihn. Er war mit einer weißen langen Leinenhose, weißen Tennisschuhen und einem marineblauen Sweatshirt mit gesticktem Anker bekleidet – eine unauffällige Montur, zumindest im September auf einer Nordseeinsel. Sein dunkelblondes Haar war kurz geschnitten, er trug keinen Bart. Und Mona war sicher, dass er durch einen Stich in die Brust ums Leben gekommen war. Sie machte mehrere Fotos von dem Toten und insbesondere von dem Griff der Stichwaffe. Dieser war mit Perlmutt ausgelegt, die metallenen Teile sahen fein ziseliert aus. Es handelte sich keinesfalls um ein normales Messer, wie man es in einem Haushaltswarengeschäft oder in einem Supermarkt kaufen konnte.

»Die Waffe ist wahrscheinlich wertvoll«, dachte die Kommissarin laut nach. »Falls der Täter nicht gestört wurde, hätte er nachts am Strand genug Zeit gehabt, um sie aus dem Körper zu ziehen und damit abzuhauen. Warum hat er es nicht getan?«

Ihre Kollegen gingen auf die Frage nicht direkt ein. Britt sagte: »Wir haben die Leiche vor ungefähr einer halben Stunde entdeckt und dich gleich angerufen.«

»Habt ihr einen Hinweis bekommen? Wenn man in der Finsternis den Abfallbehälter nicht direkt anleuchtet, kann man den armen Kerl in der Dunkelheit doch gar nicht finden.«

Claas berichtete: »Wir haben den Toten nur durch Zufall entdeckt. Während unserer Nachtschicht wurden wir zu einer Ruhestörung gerufen. Ein paar Jugendliche feierten ein Stück weiter Richtung Musikkuppel am Strand, wobei sie ihre Soundanlage bis zum Anschlag aufdrehten. Wir knöpften uns die Fruchtzwerge vor und redeten ihnen kräftig ins Gewissen. Außerdem erteilten wir ihnen Platzverweise. Daraufhin wurden sie lammfromm und verdrückten sich. Britt und ich schauten uns den Strandabschnitt noch etwas genauer an. Es war ja möglich, dass irgendwo ein Volltrunkener herumlag, der gesundheitliche Probleme bekommen konnte. Na ja, eine Schnapsleiche entdeckten wir nicht – stattdessen einen richtigen Toten.«

Nun erblickten Mona und ihre Kollegen einen weiteren Lichtpunkt, der sich langsam auf sie zubewegte. Dieser stammte von Dr. Siemers' Taschenlampe, wie die Kommissarin wenig später erkannte. Der junge glatzköpfige Mediziner arbeitete im Stadtkrankenhaus Borkum und war öfter als Notarzt tätig. Die Ermittlerin kannte ihn von zahlreichen gemeinsamen Einsätzen. Die Polizisten begrüßten ihn. Der Arzt stellte seine Ledertasche ab und sagte: »Ich schlage vor, dass wir den Leichnam zunächst aus der Strandmüllbox heben. Solange er da drin liegt, kann ich ihn nicht richtig untersuchen.«

Er selbst und Claas Lammer hoben den Toten heraus und legten ihn in den Sand. Während Dr. Siemers mit seiner Arbeit begann, wandte Mona sich an ihre Kollegin: »Habt ihr schon die Taschen des Opfers durchsucht, Britt?«

»Nee, bisher noch nicht.«

»Lass uns schauen, ob wir in dem Abfallbehälter Hinweise finden«, sagte die Kommissarin. Sie zog sich Latexhandschuhe über und stieg in den Metallverhau. Die uniformierte Kollegin folgte ihrem Beispiel.

»Wonach genau sollen wir Ausschau halten, Mona?«

»Wenn ich das wüsste! Vielleicht nach irgendwelchen Dingen, die *kein* typisches Strandgut sind?!«

»So etwas beispielsweise?«

Mit diesen Worten zog die Polizistin eine metallene Kette aus dem Plunder, an deren unterem Ende eine altertümliche Taschenuhr hing. Mit der linken Hand richtete sie den Taschenlampen-Lichtstrahl auf den Gegenstand, damit Mona ihn gut sehen konnte. Die Kommissarin stieß einen anerkennenden Pfiff aus: »Gut gemacht, Kollegin!«

Sie griff nach der Uhr und schaute sich diese genauer an. Der Zeitmesser wies Gebrauchsspuren auf; es handelte sich offenbar nicht um ein Replikat, sondern um eine echte Taschenuhr aus vergangenen Zeiten. Mona ließ den Deckel aufschnappen. Auf dessen Innenseite war die Fotografie von einem ernst blickenden

Paar in altmodischer Kleidung zu sehen. Außerdem gab es ein eingestanztes Wappen sowie eine Gravur: »Hauke und Seetje, A. D. 1888«.

Mona roch an dem Metall und sagte: »Das Material riecht nicht nach Meerwasser, und es fühlt sich trocken an. Diese Uhr ist gewiss nicht angespült worden. Wahrscheinlich ist sie dem Toten aus der Tasche gerutscht.«

»Vielleicht handelt es sich bei dem Pärchen um Vorfahren von ihm«, meinte Britt, die Mona über die Schulter geschaut hatte. »Auf jeden Fall sind das altertümliche friesische Namen, mit denen heutzutage kaum ein Kind getauft wird.«

Der Wind trug ein rhythmisch keuchendes Geräusch zu ihnen hinüber, das der Kommissarin sehr bekannt vorkam.

»Enno ist im Anmarsch«, stellte sie fest. Der hochgewachsene und beleibte Oberkommissar war ein erstklassiger Kriminalist und außerdem dank seinem freundlichen Naturell und seiner tiefenentspannten Wesensart der ideale Dienstpartner für Mona, die leider zu Temperamentsausbrüchen und vorschnellen Entscheidungen neigte. Eine gute Kondition gehörte nicht zu seinen positiven Eigenschaften. Wenn er sich schnell bewegen musste, gab er ebendiese Geräusche von sich, die an ein schnaufendes Walross erinnerten.

»Wir sind hier, Enno!«, rief Mona und schwenkte ihre Taschenlampe hin und her. Sie tat die Uhr in einen Beutel für Beweisstücke und sprang aus dem Müllbehälter. Dann kam sie auf ihren Kollegen zu und gab ihm eine kurze Zusammenfassung der bisherigen Erkenntnisse. Nun meldete sich auch Dr. Siemers zu Wort: »Es wird Sie nicht verwundern, dass die Todesursache ein Stich in die Brust sein dürfte. Den Todeszeitpunkt würde ich grob auf die Zeit zwischen Mitternacht und drei Uhr früh eingrenzen. Nach der Obduktion lässt sich dies gewiss genauer sagen.«

Der Mediziner stellte den Totenschein aus und verabschiedete sich. Mona kniete neben der Leiche und überprüfte den Inhalt der Taschen.

Sie sagte: »Hier haben wir schon mal eine Geldbörse mit Kreditkarten und einem Personalausweis. Der Tote heißt Lübbo Fallena.«

Enno war inzwischen wieder zu Atem gekommen und erwiderte: »Fallena? Wirklich?«

»Die Lichtverhältnisse lassen zwar zu wünschen übrig, aber ich habe mich sicher nicht verlesen.«

»Jeder Mord ist schlimm, Mona. Aber wenn ein Fallena gewaltsam ums Leben kommt, dann müssen wir uns warm anziehen.«

»Dieser Name sagt dir offenbar etwas.«

»Das stimmt«, gab Enno seufzend zurück. »Die Fallenas sind eine Häuptlingsfamilie. Es gab Zeiten, in denen sie hier die Herrscher über Leben und Tod waren.«

Kapitel 2

Mona war keine gebürtige Borkumerin. Sie hatte schon einmal etwas über die ostfriesischen Häuptlinge gelesen, aber eine Expertin war sie ganz gewiss nicht. Von ihrem einheimischen Dienstpartner konnte sie bestimmt alles Nötige erfahren. Doch dafür war jetzt weder die passende Zeit noch der passende Ort.

Außer der Geldbörse und einigen unverfänglichen Alltagsgegenständen wie Papiertaschentüchern und einer Packung Kaugummi fand die Ermittlerin nichts in den Taschen des Toten. Ein Handy suchte sie vergeblich. Stattdessen schaute sie sich den Griff der Mordwaffe genauer an. Dieser hatte auch Ennos Interesse geweckt. Der erfahrene Kriminalist beugte sich vor, indem er die Hände auf seine Knie stützte. Mona leuchtete die Brust des Leichnams an.

»Der junge Mann ist mit einem sehr wertvollen Zierdolch getötet worden«, sagte der Oberkommissar. Er fuhr fort: »Es sollte uns nicht schwerfallen, den Besitzer dieser Waffe zu ermitteln. Solche Stücke sind Unikate, die von renommierten Waffenschmieden hergestellt wurden.«

»Da kennt sich jemand gut aus«, meinte seine Kollegin anerkennend.

Enno zuckte mit den Schultern und erwiderte: »Prunksucht ist kein Phänomen der Gegenwart. Wenn jemand heutzutage einen teuren Sportwagen fährt, um die Menschen zu beeindrucken, dann hat man das vor Jahrhunderten mithilfe von erlesener Kleidung und exklusiven Waffen getan. – Dieses Perlmutt und die Schnörkel sind pure Spielerei. Um einen Menschen mittels eines Dolchs ins Jenseits zu befördern, reicht ein simpler Holzgriff der Waffe völlig aus.«

»Könnte der Dolch etwas mit Lübbos Herkunft aus diesem Häuptlingsgeschlecht zu tun haben?«, fragte Mona.

»Ja, das befürchte ich.«

Claas Lammer war nicht untätig geblieben und hatte aus dem an der Süderstraße geparkten Streifenwagen eine Plane geholt. Damit deckte er die Leiche ab. Britt Mölders rief einen Bestatter an, damit er den Toten abholte und den Transport aufs Festland organisierte, wo die Gerichtsmedizin den Leichnam und die Kriminaltechnik den Dolch untersuchen sollten. Enno beleuchtete die unmittelbare Umgebung des Abfallbehälters und sagte: »Es dürfte sinnlos sein, hier nach

Fußabdrücken des Täters zu suchen. Bevor die Leiche abgelegt wurde, haben viele Spaziergänger den angespülten Müll entsorgt.«

»Ja, die Spurensicherung müssen wir nicht anfordern«, meinte Mona. Dann bat sie die uniformierten Kollegen, bis zum Eintreffen des Bestatters bei dem Ermordeten zu warten. Sie und Enno verabschiedeten sich. Es gab momentan nichts, was sie vor Ort tun konnten. Inzwischen stand der Sonnenaufgang unmittelbar bevor. Am Horizont hatten einige Schleierwolken bereits eine blasse rosa Verfärbung angenommen, und das Licht wurde von den Wellenkämmen der Nordsee reflektiert. Doch für diesen romantischen Anblick fehlte ihr jetzt der Sinn.

»Ich schlage vor, dass wir schon mal zur Wache gehen«, meinte die Kommissarin. »Wir müssen den Chef über den Leichenfund informieren. Bevor er eintrudelt, könntest du mir erzählen, was du über das Mordopfer weißt. Und währenddessen frühstücken wir. Dazu bist du wahrscheinlich noch nicht gekommen, ebenso wenig wie ich.«

Der Ostfriese lächelte. Er aß für sein Leben gern, was ihm anzusehen war.

»Ein ausgezeichneter Vorschlag!«, freute er sich. Die beiden gingen Seite an Seite zur Dienststelle, die sich in der Strandstraße befand. Mona schob ihr Fahrrad. Enno war ohnehin zu Fuß zum Fundort gelaufen, da sein Haus in der Julianenstraße sich nur einen guten Kilometer weit von der Promenade befand. Die Bäckerei unweit vom Inselbahnhof hatte bereits geöffnet. Die Ermittler kauften einige belegte Brötchen. In der Polizeistation setzte der Oberkommissar sofort Wasser für den Tee auf. Nachdem das ostfriesische Lebenselixier zubereitet war, machten die beiden es sich an ihren Schreibtischen bequem. Mona biss in ihr Mettwurstbrötchen und fragte kauend: »Was hat es denn nun mit diesen Häuptlingen auf sich?«

»Diese Familien waren in Ostfriesland so etwas wie der Landadel in anderen deutschen Gegenden. Sie herrschten über die Bauern, bekriegten sich untereinander und ließen beispielsweise durch ihre Handlanger falsche Leuchtfeuer entzünden, um Handelsschiffe absichtlich stranden zu lassen und dann ausplündern zu können.«

»Wirklich reizend«, gab die Kommissarin ironisch zurück, »das muss aber schon ziemlich lange her sein, oder? Das hoffe ich zumindest.«

Enno sagte: »Ja, spätestens im 15. Jahrhundert ging den Häuptlingen die Luft aus. Die bäuerlichen Friesen ließen sich nicht mehr alles gefallen, und außerdem fiel diesen Herrschern ihre Komplizenschaft mit Seeräubern wie den *Vitalienbrüdern* auf die Füße. Um es kurz zu machen: Nachdem der Kaiser Ulrich Cirksena zum Reichsgrafen gemacht hatte, war die Zeit der Häuptlinge in Ostfriesland vorbei.«

»Das alles hat sich vor vielen Jahrhunderten ereignet«, stellte Mona fest, »aber der Name Fallena scheint dich trotzdem beunruhigt zu haben.«

Der Oberkommissar nickte und nahm einen Schluck Tee: »Die Häuptlingsfamilien haben heutzutage keine politische Macht mehr, aber viele von ihnen sind stolz auf ihre Herkunft – und darauf, dass Ostfriesland über einen längeren Zeitraum praktisch von ihnen regiert wurde. Einige dieser Sippen sind jedenfalls bis in die Gegenwart einflussreich und wohlhabend, wie beispielsweise die Fallenas.«

»Also, ich würde nicht damit hausieren gehen, dass meine Vorfahren Gesetzlose waren«, spottete die Ermittlerin.

Ihr Kollege hob den Zeigefinger und sagte: »Ja, das geht mir genauso. Aber welche Handlungen erlaubt und welche verboten waren, haben die Häuptlinge in früheren Zeiten eben selbst bestimmt.«

»Du meinst also, dass die Familie Fallena sich nicht unbedingt an Regeln hält?«

»Das will ich ihnen nicht unterstellen, Mona. Ich kenne Geert Fallena – den Vater des Mordopfers – jedenfalls persönlich. Wir sollten uns nicht darauf verlassen, dass er die Mordermittlungen uns überlässt. Es würde mich nicht wundern, wenn er selbst den Täter zur Verantwortung ziehen will.«

»Da haben wir auch noch ein Wörtchen mitzureden!«, grollte die Kommissarin. Sie fragte: »Was kannst du mir noch über diese Familie erzählen?«

Enno antwortete: »Die Fallenas besitzen ein großes Ferienhaus an den Loogster Dünen. Der eigentliche Stammsitz dieser Sippe befindet sich auf dem Festland. Es handelt sich um eine Burg in der Nähe von Freepsum.«

»Und womit verdienen sie ihren Lebensunterhalt? Strandraub ist ja heutzutage verboten.«

Er grinste und sagte: »Die Fallenas haben ein Baugeschäft mit einigen Filialen in Leer, Aurich und Emden. Geert ist außerdem Anteilseigner einer Spezialwerft, die beispielsweise Vieh-Transportschiffe herstellt.«

»Woher weißt du eigentlich so gut über die Familie Bescheid, Enno? Dass dir die ostfriesische Geschichte geläufig ist, wundert mich nicht. Aber ich hatte nicht angenommen, dass du in solchen Kreisen verkehrst.«

»Das tue ich auch nicht«, erwiderte der Oberkommissar und fuhr fort: »Ich lernte Geert Fallena vor einigen Jahren kennen, als ich die uniformierten Kollegen bei einer Alkoholkontrolle unterstützte. Du weißt ja, wie knapp unsere Personaldecke besonders im Sommer ist. Jedenfalls kam Geert Fallena mit seinem Auto per Fähre vom Festland und hatte offensichtlich auf der Überfahrt ein paar Drinks zu viel gehabt. Er weigerte sich zunächst, ins Röhrchen zu pusten, und erzählte mir lang und breit die glorreiche Geschichte seiner Sippe. Letztendlich bekamen wir doch eine amtlich angeordnete Blutprobe von ihm, woraufhin er seinen Führerschein für einige Zeit abgeben musste. Wenn ich ihm seitdem irgendwo im Ort begegne, lässt er sich über die goldenen Häuptlingsjahre aus, zeigt mir Fotos von seiner Burg und versucht alles, um mich neidisch werden zu lassen.«

»Und er beißt bei dir auf Granit, weil Missgunst dir völlig fremd ist«, vermutete Mona und zwinkerte ihrem Kollegen zu.

»Ja, das bringt doch nichts«, meinte er und fügte hinzu: »Es bleibt die Tatsache, dass Geert Fallena ein reicher und mächtiger Mann ist. Und zumindest eine Person in dieser Polizeiwache wird davon schwer beeindruckt sein.«

»Ich weiß genau, von wem du sprichst«, sagte Mona seufzend.

*

Hauptkommissar Hinrich Oltbeck stand die Anspannung ins Gesicht geschrieben, als die Ermittler pünktlich zum Dienstbeginn vom Leichenfund am Strand berichteten. Mona und Enno hatten auf den Besucherstühlen im Chefzimmer Platz genommen. Oltbeck trommelte mit den Fingerspitzen auf seine Schreibunterlage. Als die Kommissarin ihre Schilderung beendet hatte, sagte er: »Dies ist eine äußerst heikle Angelegenheit. Wenn Sie mit der Familie des Toten sprechen, müssen Sie so taktvoll wie nur irgend möglich vorgehen.«

»Die Zeiten der Häuptlingsherrschaft sind aber eigentlich vorbei, oder?«

Mona hatte diesen Satz kaum ausgesprochen, als sie ihn auch schon bereute. Ihrer Meinung nach waren die Menschen vor dem Gesetz gleich, und niemand hatte eine besondere Vorzugsbehandlung verdient. Ihr war allerdings auch bewusst, dass ihr Vorgesetzter diese Einschätzung nicht hundertprozentig teilte. Oltbecks kahler Kopf nahm eine leichte Rotfärbung an: »Sie werden sich bei diesem Fall besonders zurückhalten müssen, Frau Sander! Ihre höchst direkte Art ist bei einer Familie äußerst unangebracht, die seit vielen Generationen höchste Wertschätzung genießt!«

Ja, dem Strandraub sei Dank!, dachte Mona. Immerhin gelang es ihr, diese Worte für sich zu behalten. Enno sagte: »Ich habe meiner Kollegin bereits erklärt, welch eine wichtige Rolle die Häuptlinge in vergangener Zeit hierzulande gespielt haben.«

Der Chef stieß einen Seufzer aus. Besonders erleichtert wirkte er allerdings nicht: »Na schön, Herr Moll – aber Sie wissen doch genau, dass Frau Sander gern über die Stränge schlägt.«

»Ich kann Sie hören«, sagte Mona. Sie mochte es absolut nicht, wenn jemand in ihrer Gegenwart über sie sprach und so tat, als ob sie nicht anwesend wäre.

»Ich werde Geert Fallena die Todesnachricht persönlich überbringen«, schlug Enno vor. »Er ist ja seit einigen Jahren verwitwet, und außer ihm selbst wird nur sein älterer Sohn Hark im Ferienhaus sein. Immer vorausgesetzt, dass die Familienmitglieder sich überhaupt auf Borkum befinden. Es wäre auch möglich, dass Lübbo Fallena aus uns noch unbekannten Gründen allein hierher gereist ist.«

Oltbeck nickte wohlwollend.

»Darf ich etwas sagen?«, fragte die Kommissarin so ruhig wie möglich. Ihr war bewusst, dass der Vorgesetzte sie um jeden Preis von der Familie des Opfers fernhalten wollte. Wenn sie ernsthafte Schwierigkeiten vermeiden wollte, musste sie sich etwas anderes überlegen.

»Bitte, Frau Sander«, erwiderte der Chef und machte eine auffordernde Geste.

»Lübbo Fallena wurde in einen Abfallbehälter geschafft«, begann sie und fuhr fort: »Eine größere Missachtung ist kaum vorstellbar – vor allem, wenn wir seine Herkunft aus einer sozusagen adligen Familie berücksichtigen. Dies spricht eindeutig für ein persönliches Motiv. Übrigens können wir einen Raubmord ausschließen, da das Opfer Kreditkarten und Geld noch bei sich hatte. Ich könnte die Herkunft einer Taschenuhr ermitteln, die vielleicht mit dem Verbrechen zu tun hat. Herr Moll hält die Mordwaffe für ein Einzelstück, das man nicht in einem beliebigen Eisenwarenladen kaufen kann. Wenn ich mich auf diese beiden Gegenstände konzentriere, können wir parallel arbeiten und schneller vorankommen.«

Für Oltbeck wog vermutlich schwerer, dass Mona bei einer solchen Aufteilung Enno nicht zum Ferienhaus der Fallenas begleiten würde. Somit bestand nicht die Gefahr, dass sie dort aus der Rolle fiel. Er stimmte zu: »Ja, so machen wir es, Frau Sander! Und hören Sie sich in der Umgebung des Leichenfundorts um. Es wäre möglich, dass es Zeugen gibt, die während der Nacht ungewöhnliche Beobachtungen gemacht haben.«

Zum Schluss schärfte der Chef seinen Untergebenen noch ein, dass sie den Fall so schnell und diskret wie möglich abschließen sollten. Dann war die Besprechung beendet.

»Du bist ganz schön raffiniert«, meinte Enno, als sie wieder in ihrem Dienstzimmer waren. »Anstatt als meine schweigende Begleiterin zu den Fallenas zu gehen, begibst du dich lieber auf Solotour.«

»Ja, weil ich mich selbst kenne! Wenn dieser Geert Fallena wirklich so ein aufgeblasener Snob ist, wie ich nach deinen Schilderungen annehme, dann kann ich garantiert meine Zunge nicht im Zaum halten. Außerdem halte ich die Uhr und den Dolch wirklich für wichtig.«

»Ja, da bin ich ganz deiner Meinung. – Wir gehen aber später wenigstens zusammen mittagessen, oder?«, fragte er hoffnungsvoll.

»Na klar, ohne dich schmeckt es doch nur halb so gut!«, erwiderte sie lachend und boxte ihm spielerisch in seinen runden Bauch. Während Enno aufbrach, um den Fallenas die Todesnachricht zu überbringen, ging Mona in die nahe gelegene Franz-Habich-Straße. Dort gab es einen Uhrmacher, dem sie die Taschenuhr zeigen wollte. Der Handwerksmeister warb damit, dass sein kleiner Laden seit über hundert Jahren existierte. Zu dieser frühen Morgenstunde herrschte in der Fußgängerzone noch nicht viel Betrieb, wenn man von den

Anlieferungen für Lokale und Geschäfte absah. Mit der Frühfähre war neue Ware auf die Insel gekommen, die nun ausgeladen werden musste. Die Kommissarin betrat das Uhrengeschäft und fühlte sich sofort in ihre Kindheit zurückversetzt. Zahlreiche Stand- und Tischzeitmesser tickten mehr oder weniger im Takt. Die Ladeneinrichtung war mindestens ein halbes Jahrhundert alt. Und der Herr, der nun aus dem Hinterzimmer nach vorn kam, schien noch einige Lenze mehr auf dem Buckel zu haben. Sie schätzte ihn auf mindestens siebzig Jahre. In seinem dunklen Anzug erinnerte er an einen Beerdigungsunternehmer. Über den Rand seiner Halbbrille hinweg blinzelte er die Ermittlerin freundlich an.

»Moin, junge Frau. Was kann ich für Sie tun?«

Mona zeigte ihren Dienstausweis: »Moin, ich bin Kommissarin Sander von der Polizei. – Könnten Sie als Fachmann sich bitte mal diese Uhr genauer anschauen?«

Mit diesen Worten legte sie den Beweismittel-Beutel mit der Taschenuhr sowie zwei unbenutzte Latexhandschuhe auf den Verkaufstresen.

»Wozu die Handschuhe, Frau Sander?«

»Weil auf dem Zeitmesser vielleicht Spuren haften.«

Der Uhrmacher hob die Augenbrauen. Sein Interesse schien geweckt. Er streifte die Handschuhe über, holte die Uhr aus dem Beutel und öffnete sie vorsichtig. Dann nickte er: »Ja, solche Porträts waren damals nicht leicht anzufertigen. Hier steht ein Datum: Anno Domini – also im Jahre des Herrn – 1888. So ein wertvolles Stück konnten sich zu der Zeit nur die reichsten und mächtigsten Ehepaare leisten.«

»Sehen Sie eine Chance, den Besitzer zu ermitteln?«

»Es handelt sich zweifellos um Friesen, die Vornamen Hauke und Seetje wird man nur in unserer Region finden. Wenn Sie mich fragen, dann war dieser Hauke ein Abkömmling einer Häuptlingsfamilie.«

Monas Puls beschleunigte sich. Sie hakte nach: »Wie kommen Sie darauf?«

Der Uhrmacher griff zu einer Lupe und sagte: »Sehen Sie diese Art von Ehrenkette, die er um den Hals trägt? Man kann es nicht genau erkennen, weil die Miniatur zu klein ist. Aber es war ein Symbol seiner Würden, würde ich meinen. Schauen Sie sich die Stammbäume der ostfriesischen Häuptlingsfamilien an. Da werden Sie garantiert auf ein Ehepaar mit diesen Namen stoßen.«

»Vielen Dank, Sie haben mir sehr geholfen«, erwiderte Mona. Außerdem kaufte sie ein paar Batterien, obwohl sie keine benötigte. Ob der Uhrmacher dies ahnte? Jedenfalls winkte er ihr schmunzelnd zu, als sie sein Geschäft verließ.

Die Kommissarin bemerkte plötzlich, dass sie ihre Dienstwaffe nicht bei sich hatte. Das lag daran, dass sie ihre übliche Routine durchbrochen hatte. Normalerweise begann sie den Tag nicht mit einem Leichenfund und einem anschließenden Frühstück auf der Wache. Borkum war kein besonders heißes Pflaster, doch sie ermittelte momentan immerhin in einem Mordfall. Daher konnte es nichts schaden, die Pistole bei sich zu haben. Also ging sie zur Polizeistation zurück, um die Waffe zu holen. Mona betrat das Gebäude durch das Wachlokal. Dort befasste sich Polizeimeisterin Grietje Smit soeben mit einem älteren Herrn, der offenbar eine Strafanzeige stellen wollte.

»Was für einen Gegenstand möchten Sie als gestohlen melden?«, fragte sie.

»Einen Dolch, es handelt sich um ein wertvolles Erbstück.«

Kapitel 3

Mona horchte auf. Sie trat direkt neben den Mann und sagte: »Entschuldigen Sie …«

Er drehte seinen Kopf ruckartig in ihre Richtung und zischte: »Warten Sie gefälligst, bis Sie an der Reihe sind!«

»Ja, diese Person drängelt sich ständig vor!« Der Spruch kam natürlich von der frechen Polizeimeisterin.

»Sehr lustig, Grietje! – Mein Name ist Kommissarin Sander, und ich bin ebenfalls für die Polizei Borkum tätig. Ich kümmere mich persönlich um Ihre Strafanzeige.«

Grietje zuckte mit den Schultern. »Wenn du mir freiwillig Arbeit abnehmen willst, habe ich bestimmt nichts dagegen«, meinte sie. Mona nahm sich vor, der vorlauten jungen Kollegin später eine Standpauke zu halten. Für den Moment war sie nur brennend an dem entwendeten Gegenstand interessiert.

»Folgen Sie mir bitte«, sagte sie zu dem Herrn. Die Ermittlerin führte ihn in ihr Dienstzimmer und bot ihm ihren Besucherstuhl an. Nun konnte sie die Person gründlicher in Augenschein nehmen. Der Bestohlene trug einen altmodisch wirkenden Nadelstreifenanzug, der ebenso grau war wie sein Haar und der kurze gepflegte Vollbart. Von Alter her schätzte sie ihn auf mindestens siebzig Jahre. Er war ungefähr einen Kopf größer als die nur eins dreiundsechzig messende Mona.

Der Mann räusperte sich und sagte: »Ich muss mich für meine harsche Reaktion entschuldigen, Frau Sander. Der Dolch, dessen Verlust ich heute früh bemerkte, hat einen ungeheuren symbolischen Wert für meine Familie und mich.«

»Ich verstehe. Bitte nennen Sie mir zunächst Ihren Namen.«

Der Graukopf warf ihr einen Blick zu, der vorwurfsvoll wirkte. Hielt er sich für so prominent, dass er wiedererkannt zu werden erwartete? Hatte sie es vielleicht sogar mit Geert Fallena zu tun, dessen Begegnung mit ihr der Chef um jeden Preis verhindern wollte? Falls dies zutraf, dann würde Oltbeck über diesen Zufall garantiert nicht lachen können.

»Ich bin Tammo Rudinga, Frau Sander.«

Er sprach seinen Namen so langsam und betont aus, als ob er es mit einer begriffsstutzigen Person zu tun hätte. Sein Gesichtsausdruck kam ihr nun erwartungsvoll vor, aber sie hatte noch niemals zuvor von Rudinga gehört. Für den Moment war Mona einfach nur erleichtert, nicht den Patriarchen der Fallena-Sippe vor sich zu haben. Obwohl sie eigentlich keine Konfrontationen mit ihrem Vorgesetzten scheute, war ihr bewusst, dass sie den Bogen nicht überspannen durfte. Wenn Oltbeck sich einmal zu viel über sie ärgerte, würde er ihre Versetzung aufs Festland veranlassen. Und das wäre das Schlimmste, was sie sich vorstellen konnte.

»Bitte beschreiben Sie mir so genau wie möglich, wie und wann Sie den Verlust des Dolchs bemerkten«, bat sie Rudinga.

»Sehr gern. – Meine Familie besitzt hier auf Borkum ein Ferienhaus, in dem wir uns jedes Jahr von Juni bis Anfang Oktober aufhalten. Da wir so lange Zeit auf der Insel verweilen, nehmen wir auch wichtige Erinnerungsstücke und Preziosen mit, die sich den Rest des Jahres auf unserem Stammsitz bei Wiesmoor befinden.«

Stammsitz? Dieses Wort war erst vor Kurzem gefallen, allerdings im Zusammenhang mit den Fallenas. Ob der Bestohlene ebenfalls »edlen Geblüts« war? Die Kommissarin vermutete: »Rudinga – das ist ein altes Häuptlingsgeschlecht, oder?«

»Sie haben es erkannt, Frau Sander«, gab er gönnerhaft zurück. »Sie wurden offensichtlich nicht in Ostfriesland geboren, andernfalls wäre bei Ihnen der Groschen schon früher gefallen. – In unserem Ferienhaus befinden sich einige Gegenstände, die mit unserer Familiengeschichte zu tun haben, beispielsweise ein Ölgemälde, auf dem der erste Rudinga dargestellt wird, der als Häuptling gewürdigt wurde. Der Dolch, der ihm gehörte, liegt in einer Vitrine – zusammen mit der Ehrenkette unserer Familie.«

»Wo steht die Vitrine?«, wollte Mona wissen.

»In einem Nebenraum des Wohnsalons, der uns als Esszimmer dient. Morgens mache ich stets eine Runde durch das ganze Haus, das ist so eine Gewohnheit von mir. Daher war ich es, dem der Verlust auffiel. Zunächst dachte ich nicht an einen Diebstahl, denn weder die Türen noch die Fenster wiesen Einbruchspuren auf. Also befragte ich die Familienmitglieder. Es wäre ja immerhin denkbar gewesen, dass jemand den Dolch herausgenommen hätte, ohne mich um Erlaubnis zu fragen!«

Was für ein Frevel!, dachte die Kommissarin ironisch. Sie blieb aber ernst und erkundigte sich: »Wer lebt denn außer Ihnen momentan in dem Ferienhaus?«

»Meine Gattin Aafke, mein Sohn Johan und seine Ehefrau Ebba, meine Enkelin Clara sowie mein persönlicher Assistent Bert Metter. Zu ihm habe ich ein Vertrauensverhältnis. Es ist beinahe so, als ob er zur Familie gehören würde.«

»Ich verstehe. Hat denn einer der Anwesenden den Dolch genommen?«

»In dem Fall wäre ich wohl kaum zur Polizei gegangen, Frau Sander!«, polterte Rudinga, machte aber sofort einen Rückzieher: »Verzeihen Sie, dieser Verlust zerrt einfach an meinen Nerven. Die Waffe befindet sich seit mehreren Hundert Jahren in unserem Besitz. Es wäre eine Schande, wenn ich derjenige Rudinga wäre, unter dessen Verantwortung der Dolch abhandenkam!«

»Meine Fragen verfolgen einen Zweck, wir dürfen keine Möglichkeit ausschließen«, erklärte die Kommissarin und fügte hinzu: »Also sind Sie sicher, dass weder ein Verwandter noch Ihr Mitarbeiter den Gegenstand vielleicht versehentlich woanders hingelegt hat?«

»Ja, ich kenne meine Familie und auch Herrn Metter. Sie alle wissen um die Bedeutung des Dolchs.«

»War die Vitrine denn beschädigt?«

»Nein, Frau Sander. Leider muss ich zugeben, dass das Schloss sich relativ leicht öffnen lässt.«

»Wann haben Sie den Dolch vor dem Diebstahl zum letzten Mal gesehen?«

»Das war gestern Abend, gegen 19 Uhr.«

»Besitzen Sie ein Foto der Waffe?«

Rudinga antwortete: »Nein, nicht direkt. Es gibt aber ein Gemälde, auf dem der Dolch sehr naturgetreu dargestellt ist. Es hängt leider in unserer Burg bei Wiesmoor. Auf dem Bild ist mein Vorfahr Jasper Rudinga zu sehen, der den Dolch am Gürtel trägt. Mein Ahnherr spielte eine wichtige Rolle bei der Belagerung von Emden, als …«

Mona unterbrach ihn. Abschweifungen konnte sie jetzt nicht gebrauchen. Sie hatte den Griff der Mordwaffe mit ihrem Smartphone fotografiert, bevor die Leiche abgedeckt wurde. Die Kommissarin sagte: »Herr Rudinga, ich zeige Ihnen jetzt eine Aufnahme von einer Waffe, die wir heute Morgen sichergestellt haben. Bitte schauen Sie sich das Bild möglichst genau an. Aber bereiten Sie sich auf einen Schock vor.«

Er runzelte die Stirn und meinte: »Warum sollte ich … um Gottes willen, da ist ja Blut … der Dolch steckt in einem Körper!«

»Wir gehen davon aus, dass diese Stoßwaffe als Mordinstrument gedient hat«, erklärte Mona. Und sie fragte: »Benötigen Sie ein Glas Wasser, Herr Rudinga? Sie sind ganz blass geworden.«

»Das wären Sie an meiner Stelle auch«, gab er mit tonloser Stimme von sich. »Dieser Griff – er gehört eindeutig zu unserem gestohlenen Zierdolch!«

Kapitel 4

Die Kommissarin stieß langsam die Luft aus den Lungen. Sie hatte schon seit der Begegnung mit Rudinga vermutet, dass der von ihm als gestohlen gemeldete Gegenstand die Mordwaffe sein könnte. Nun war die Annahme zur Gewissheit geworden. Der Graukopf zog ein gebügeltes Herrentaschentuch hervor und tupfte sich damit die Stirn ab.

»Meine Kollegen von der Kriminaltechnik müssen die Vitrine untersuchen«, erklärte sie. »Der Dieb Ihres Dolchs könnte gleichzeitig auch der Mörder dieses jungen Mannes sein.«

»Ja, das ergibt einen Sinn«, erwiderte Rudinga mit tonloser Stimme. »Ich bin zutiefst erschüttert darüber, dass unser Erbstück für einen so verabscheuungswürdigen Zweck missbraucht wurde. – Wissen Sie denn schon, wer das arme Opfer ist?«

»Der Name lautet Lübbo Fallena. Wir haben ihn in der Strandmüllbox bei der *Heimlichen Liebe* gefunden.«

Kaum hatte Mona diese Sätze ausgesprochen, als sich die Gesichtszüge des Alten verhärteten. Er presste die Lippen aufeinander und ballte für einen Moment die Fäuste. Seine Körpersprache war nicht misszuverstehen.

»Sie kennen das Opfer?«, vergewisserte sich die Ermittlerin.

»Ja, wenn auch nur flüchtig, Frau Sander. Aber seine *Familie* ist mir ein Begriff!«

Er spie das Wort Familie wie einen Fluch aus. Mona hätte am liebsten sofort nachgehakt. Aber obwohl Geduld nicht zu ihren stärksten Charaktereigenschaften gehörte, hielt sie sich für den Augenblick zurück. Sie wollte sich zunächst mit Enno kurzschließen, der garantiert über die nötigen Hintergrundinformationen verfügte. Der Oberkommissar kam ihr oftmals wie ein wandelndes Lexikon für ostfriesische Bräuche und Lebensart vor.

»Wir werden Sie und Ihre Angehörigen sowie Ihren Assistenten später eingehend befragen«, kündigte sie an.

»Glauben Sie ernsthaft, dass ein Rudinga in ein so abscheuliches Verbrechen verwickelt sein könnte?«

Die herablassende Art des Alten ging Mona auf den Wecker. Entsprechend patzig war ihre Reaktion: »Ich bin keine Hellseherin, sondern Kriminalistin. Dass die Waffe Ihnen gehört, macht Sie nicht automatisch verdächtig. Aber es wäre ja möglich, dass jemand aus

Ihrem Haushalt etwas Verdächtiges bemerkt hat. Wenn Sie nichts Verbotenes getan haben, müssen Sie die Justiz jedenfalls nicht fürchten.«

Rudinga schien zu begreifen, dass die Kommissarin sich von ihm nicht einschüchtern ließ. Er schnarrte: »Sie tun gewiss nur Ihre Pflicht. Wir haben uns nichts vorzuwerfen und werden kooperativ sein. – Falls Sie keine weiteren Fragen haben, würde ich mich jetzt gern verabschieden.«

»Ich möchte nur noch erfahren, ob Ihnen diese Taschenuhr bekannt vorkommt.«

Mit diesen Worten zog sie den sichergestellten Zeitmesser hervor. Der Alte warf nur einen flüchtigen Blick darauf und murmelte: »Ich bedaure, dieses Ding sehe ich zum ersten Mal.«

Ob diese Aussage glaubhaft war? Mona war nicht sicher. Sie notierte sich noch Rudingas Telefonnummer sowie die Adresse seines Ferienhauses. Danach durfte er gehen, was er auch so schnell wie möglich tat.

Die Kriminalistin stand auf und schaute aus dem Fenster ihres Büros. Der Graukopf verschwand mit einer beachtlichen Geschwindigkeit zwischen den Menschen, die auf der Strandstraße vorbeiflanierten. Mona holte ihre Pistole aus dem Schließfach, deshalb war sie ja ursprünglich zur Wache gekommen. Sie wollte jetzt unbedingt mit Enno Kontakt aufnehmen. Aber zuvor hatte sie noch ein Hühnchen mit Grietje zu rupfen.

Sie stürmte nach vorn ins Wachlokal: »Ich störe dich ja nur ungern beim Spielen mit deinem Smartphone – aber du kannst hier nicht den Clown mimen, wenn ein Bürger eine Strafanzeige stellen möchte!«

»Ja, mit dem Opi war nicht gut Kirschen essen. Das habe ich schon nach den ersten Worten gemerkt. Echt nett von dir, dass du ihn mir abgenommen hast.«

Mona seufzte. Irgendwie schaffte sie es nicht, auf ihre junge Kollegin sauer zu werden: »Das lag nicht an meinem freundlichen Naturell, sondern an unserem neuesten Fall. Versuch einfach, nicht zu viele dumme Sprüche von dir zu geben.«

»Ich gelobe Besserung«, beteuerte Grietje. Aber es hörte sich nicht so an, als ob sie es ernst meinen würde. Mona war der Meinung, dass sie mit dieser kleinen Ermahnung ihre Schuldigkeit als Vorgesetzte getan hatte. Sie gab der Kollegin die Taschenuhr und beauftragte sie damit, diese an das kriminaltechnische Labor Oldenburg zu schicken. Dann trat die Ermittlerin aus der Polizeiwache heraus, um sich den frischen Nordseewind um die Nase wehen zu lassen. Sie atmete einmal tief durch und rief den Oberkommissar an: »Ich bin es. Kannst du gerade frei sprechen?«

»Ja, ich habe die heiligen Hallen der Fallenas verlassen. Danach musste ich sie zur Identifizierung des Toten begleiten. Es handelt sich wirklich um den Sohn beziehungsweise Bruder. Wir hatten ja auch nichts anderes erwartet.«

Mona erwiderte: »Du hast also für den Moment alles erledigt? Das trifft sich gut. Was hältst du von einer kurzen Kaffeepause in der Bismarckstraße? Es gibt bestimmt einiges zu besprechen.«

»Ja, einverstanden. Wo finde ich dich?«

»Ich halte nach einem Tisch vor dem *Columbus* Ausschau.«

Die Kommissarin beendete das Telefonat und ging am Inselbahnhof vorbei auf das beliebte Café und Restaurant zu. Zwischen den zahlreichen Stammgästen, die den Tag mit einem Frühstück oder einer Kaffeespezialität gemächlich begannen, fand sie einen freien Platz für Enno und sich selbst. Sie musste nicht allzu lange warten, bis die unübersehbare Gestalt des Oberkommissars zwischen den Passanten auftauchte, die in Richtung Promenade unterwegs waren. Mona bestellte bei der Kellnerin schon mal einen Cappuccino für sich und eine Kanne Ostfriesentee für ihren Kollegen. Es gab nur wenige Gelegenheiten, bei denen Enno Kaffee den Vorzug gab. Er hatte die Kommissarin nun ebenfalls gesehen und steuerte auf sie zu. Ächzend ließ er sich auf einen Stuhl an ihrem Tisch fallen.

»War die Befragung so anstrengend?«, fragte sie teilnahmsvoll. Mona verabscheute es, Angehörigen von Mordopfern die Todesnachricht überbringen zu müssen. Dadurch, dass Oltbeck ihr praktisch den Umgang mit den Fallenas verboten hatte, war ihr die Aufgabe diesmal erspart geblieben. Stattdessen hatte der Oberkommissar sich dieser traurigen Pflicht widmen müssen. Enno lehnte sich zurück und faltete die Hände über seinem imposanten Bauch.

»Geert Fallena ist kein Mann, der sich seine Gefühle anmerken lässt«, sagte er, »schon gar nicht mir gegenüber. Er würde es gewiss als Zeichen von Schwäche ansehen, vor einem Polizisten Trauer für seinen Sohn zu zeigen. Sein Gesicht war wie versteinert, als ich ihn über Lübbos gewaltsamen Tod informierte.«

»Vermutest du, dass der Vater schon Bescheid gewusst hat?«

»Diese Frage stelle ich mir auch, Mona. Eine befriedigende Antwort habe ich noch nicht gefunden. Geert Fallena kennt angeblich niemanden, der seinem Zweitgeborenen etwas hätte anhaben wollen. Er beschrieb Lübbo als einen Musterknaben, der bei aller Welt beliebt ist.«

»Wir wissen aus Erfahrung, dass es solche Menschen nicht wirklich gibt – höchstens in den Wunschvorstellungen von irgendwelchen Sektenführern.«

Der Ostfriese nickte lächelnd: »Lübbo studierte Betriebswirtschaftslehre in Münster und machte momentan ein Praktikum im Familienunternehmen – wobei ich mich frage, wie das von Borkum aus möglich sein soll.«

»So etwas nennt man heutzutage *Home Office*.«

»Ja, ich hörte davon«, meinte Enno schmunzelnd. Er unterbrach sich, weil die Bedienung nun die Getränke brachte. Nachdem der Oberkommissar Kandis in seine Tasse gelegt, Tee darauf gegossen und Sahne hineinfließen lassen hatte, fuhr er fort: »Wie auch immer: Laut seinen Verwandten muss es sich um die Tat eines Wahnsinnigen handeln. Bedauerlicherweise haben weder sein Vater noch sein Bruder Lübbo aus dem Haus gehen sehen. Die drei Herren haben zusammen gegen 19 Uhr gestern Abendbrot gegessen, danach hat sich der junge Mann in sein Zimmer zurückgezogen. Geert und Hark Fallena sind gegen 23 Uhr schlafen gegangen. Sie konnten nicht sagen, ob das spätere Mordopfer sich zu diesem Zeitpunkt noch im Ferienhaus befand.«

»Hast du dich auch danach erkundigt, ob Lübbo ein Smartphone besaß?«, fragte sie.

»Ja, er hatte eins – so wie die meisten jungen Leute. Da das Gerät nirgendwo im Haus zu finden war, wird das Mordopfer es wohl bei sich gehabt haben. Wir haben es nicht entdeckt.«

»Ich wette, dass es durch den Täter vernichtet wurde.«

»Das befürchte ich auch, Mona. Immerhin habe ich vom Vater die Mobilnummer seines Sohnes bekommen. Wir können zumindest eine Ortung versuchen und beim Anbieter einen Einzelverbindungsnachweis beantragen. Mit etwas Glück gab es vor der Tat einen Telefonkontakt zwischen Lübbo und seinem späteren Mörder.«

»Glück können wir wirklich gebrauchen. Wir müssen die Stunden zwischen dem Abendessen und dem mutmaßlichen Todeszeitpunkt möglichst lückenlos rekonstruieren«, sagte Mona. Sie ergänzte: »Und ich konnte inzwischen den Besitzer der Mordwaffe ermitteln!«

Sie erfreute sich einen Moment lang am erstaunten Gesichtsausdruck des erfahrenen Oberkommissars.

»Du verblüffst mich immer wieder!«

»Danke für die Blumen, werter Kollege«, sagte die Kriminalistin. Dann fasste sie kurz zusammen, was sie von Tammo Rudinga und von dem Uhrmacher erfahren hatte. Ennos Miene verdüsterte sich.

»Die Fallenas und die Rudingas sind seit mehreren Jahrhunderten miteinander verfeindet«, erklärte er. »Wenn ein Fallena durch den Ehrendolch der Rudingas getötet wurde, dann wird dadurch dieser uralte Zwist noch weiter befeuert. Wir müssen damit rechnen, dass uns bei der Ermittlungsarbeit jede Menge Knüppel zwischen die Beine geworfen werden.«

»Wie kam es eigentlich zu diesem Zerwürfnis?«, wollte Mona wissen.

»Irgendwann im 15. Jahrhundert verschwand eine junge Frau aus der Fallena-Sippe spurlos. Angeblich wurde sie von einem Rudinga geraubt. Der angeblich Schuldige starb im Zweikampf mit dem damaligen Fallena-Familienoberhaupt. Eine Woche später erschien die Maid wieder auf der Bildfläche. Sie war den Verführungskünsten eines Fischers erlegen, der mit den beiden Häuptlingssippen gar nichts zu tun hatte. Er wurde natürlich auch gleich einen Kopf kürzer gemacht, weil er sie entehrt hatte.«

»Aber das sind doch Ereignisse, an die sich niemand mehr erinnern dürfte!«

»Da kennst du die Ostfriesen schlecht, Mona. – Beide Familien sind sehr stolz auf ihre Häuptlingsvergangenheit. Und obwohl die Rudingas an den Geschehnissen unschuldig sind, glauben die Fellenas immer noch, dass der Fischer von ihnen angestiftet worden wäre. Und die Rudingas sind sauer, weil ihr junger Vorfahr in einem Duell sterben musste, das ihm ohne Berechtigung aufgezwungen wurde.«

»Wenn es damals schon eine Polizei und ein unabhängiges Gericht gegeben hätte, wäre die Sache anders ausgegangen«, stellte die Kommissarin fest. »Wie auch immer – wir sollten uns auf die Gegenwart konzentrieren. Kannst du herausfinden, ob das Ehepaar Hauke und Seetje im Jahr 1888 mit einer der beiden Sippen verwandt ist? Die Stammbäume der Häuptlingsfamilien sind ja bestimmt kein Staatsgeheimnis, oder?«

»Ich rufe einen Historiker an, der an der Universität Oldenburg darüber forscht«, sagte Enno. »Er war vor ein paar Jahren mal auf Borkum. Ich hab ihn kennengelernt, weil sein Fahrrad geklaut wurde.«

»Wozu Verbrechen doch so alles gut sind«, witzelte Mona, wurde aber sofort wieder ernst. Sie fuhr fort: »Und ich schaue mich in der Nähe des Leichenfundorts genauer um. – Später können wir dann ja gemeinsam zu den Rudingas gehen, einverstanden? Tammo Rudinga hat mich ja schon kennengelernt und eine Kostprobe meiner Wesensart bekommen.«

»Wenn Oltbeck diesen Satz gehört hätte, würden ihm sofort die Nerven flattern«, meinte Enno lachend.

Nachdem die beiden ihre Getränke geleert hatten, bezahlte Mona. Ihr Kollege kehrte zur Polizeistation zurück, und sie machte sich auf den Weg Richtung *Heimliche Liebe*. Die breite Strandpromenade wurde von zahlreichen Ruhebänken gesäumt, auf denen sich Urlauber und Kurgäste niedergelassen hatten. Aus Richtung Nordsee wehte ein frischer Wind, doch davon ließen sich Borkumbesucher nicht abschrecken. Die Kommissarin sprach etliche Menschen an, wobei sie jedes Mal ihren Dienstausweis zeigte und sich nach Auffälligkeiten in der näheren Umgebung erkundigte. Doch nach einer Dreiviertelstunde hatte sie noch keinen vielversprechenden Hinweis bekommen. Darüber wunderte sie sich nicht. Woher hätten die Leute wissen sollen, wonach sie suchte? Sie wusste es ja selbst nicht genau. Hatte Lübbo Fallena sich mit jemandem verabredet? Auf den ersten Blick wies der Körper des Toten keine Abwehrverletzungen auf, wobei letztlich der untersuchende Gerichtsmediziner das letzte Wort hatte. Es schien, als ob der junge Mann seinem späteren Mörder völlig arglos gegenübergestanden hätte und dann kaltblütig mit einem einzigen Stich getötet worden war. Aber konnte der Täter wirklich aus der Häuptlingsfamilie Rudinga stammen? Wäre er wirklich so dummdreist, den Ehrendolch der Sippe zu benutzen, um die Polizei quasi mit der Nase auf diese Spur zu stoßen? Oder handelte es sich um einen plumpen Versuch, den Verdacht auf die Rudingas zu lenken? Die Fehde zwischen den beiden Familien schien jedenfalls kein Geheimnis zu sein. Was war in der vergangenen Nacht geschehen? Hatte jemand Lübbo Fallena in einen Hinterhalt gelockt? Die Kommissarin wusste, dass es am Strand nach Einbruch der Dunkelheit sehr einsam sein konnte. Ob die Jugendlichen, die von den Polizeikollegen zur Ruhe ermahnt worden waren, etwas bemerkt hatten? Oder waren sie vielleicht selbst in den Mord verwickelt? Mona nahm sich vor, später noch einmal mit Polizeimeisterin Britt Mölders zu sprechen. Warum war Lübbo Fallena hinunter zum Strand gegangen? Gab es eine Verabredung, die nicht wunschgemäß verlaufen war? Die Ermittlerin machte sich bewusst, dass sie die genauen Lebensumstände des Opfers gar nicht kannte. Sie wusste nicht, ob es in seinem Leben eine Freundin oder Verlobte gab. Einen entsprechenden Ring hatte sie an seinen Händen nicht bemerkt. Während ihr diese Überlegungen durch den Kopf gingen, hatte sie die *Heimliche Liebe* erreicht. Das Restaurant war um diese Uhrzeit noch geschlossen. Mona stützte sich auf das Geländer am Rand der Promenade und ließ ihren Blick über das breite Sandband unter ihr schweifen. Da bemerkte sie eine Gestalt unmittelbar neben der Strandmüllbox, in der die Leiche gelegen hatte! Nach Ansicht der Kommissarin gab es angenehmere Stellen, um es sich unweit der Brandung gemütlich zu machen. Die Person hatte der Kriminalistin den Rücken zugedreht. Sie kauerte auf dem Boden, die Arme um die Knie geschlungen. Mehr konnte Mona auf diese Entfernung nicht erkennen. Diese Chance wollte sie sich nicht entgehen lassen. Sie eilte zur nächsten Metalltreppe, stieg die wenigen Meter zum Strand hinab und rannte so schnell wie möglich auf den Abfallbehälter zu.

Dort lag nun ein bunter Blumenstrauß. Im Näherkommen hörte die Kommissarin ein Schluchzen. Es war offenbar eine junge Frau, die um Lübbo Fallena weinte. Die Blonde trug eine weite beige Baumwollhose und einen roten Kapuzenpullover. Als Mona auf sie zutrat, hob sie den Kopf. Nach Einschätzung der Ermittlerin war sie Anfang zwanzig. Ihre Unterlippe zitterte, Tränen liefen ihre Wangen hinab. Mona zeigte ihren Polizeiausweis, nannte ihren Namen und Dienstgrad. Sie fragte: »Ich nehme an, der Blumenstrauß ist von Ihnen?«

»Ja, mein Großvater war heute bei Ihnen, um den Diebstahl unseres Ehrendolchs zu melden. Er hat mit Ihnen gesprochen, Frau Sander – ist es nicht so? Und Sie haben ihm mitgeteilt, dass Lübbo … *hier* gefunden wurde!«

Sie deutete auf den Metallverhau.

»Dann sind Sie …«

»Ich bin Clara Rudinga.«

Kapitel 5

Mona ließ sich im Schneidersitz auf dem Sand nieder. Sie saß nun direkt vor Rudingas Enkelin, sodass sie ihr Gesicht und ihre Körpersprache genau beobachten konnte. Erst einmal bekam Clara von ihr ein Papiertaschentuch.

»Danke«, sagte die junge Frau. Sie putzte sich geräuschvoll die Nase und trocknete ihre Wangen.

»Sind Sie dazu in der Lage, einige Fragen zu beantworten?«, wollte die Kommissarin wissen.

»Ja, unbedingt. Ich will, dass der Mörder sich für seine Taten verantworten muss.«

»Haben Sie einen Verdacht, wer es gewesen sein könnte?«

»Ich will ehrlich sein, Frau Sander. – Meine Familie und die Fallenas verabscheuen einander abgrundtief. Das ist schon seit Jahrhunderten so, obwohl ich bezweifle, dass sie überhaupt noch den Grund dafür kennen. Also kämen eigentlich meine Eltern, meine Großeltern und ich selbst als Verdächtige infrage, vor allem, weil Lübbo offenbar mit unserem Erbstück-Dolch … erstochen wurde!«

Die letzten Worte endeten in einem Schluchzen. Mona wartete ein wenig, dann hakte sie nach: »Das hört sich nicht so an, als ob Sie Ihrer Familie den Mord ernsthaft zutrauen würden.«

»Ich selbst bin es ganz gewiss nicht gewesen, denn Lübbo und ich haben einander geliebt. Und wir beide fanden diese Feindschaft unserer Familien einfach nur albern. – Meinen Verwandten würde ich eine Untat schon zutrauen, ehrlich gesagt. Doch warum hätten sie dafür ausgerechnet diese antike Waffe benutzen sollen? Es gibt doch keinen einfacheren Weg, um sich bei der Polizei verdächtig zu machen.«

Ähnliche Gedanken hatte Mona selbst schon gehabt, aber das musste sie der jungen Frau nicht auf die Nase binden. Sie hakte nach: »Ich muss Sie das fragen – wo waren Sie während der vergangenen Nacht?«

»In meinem Zimmer, im Ferienhaus meiner Familie am Barbaraweg. Zeugen gibt es dafür leider nicht. Wie hätte ich ahnen können, dass Lübbo umgebracht wird, während ich friedlich schlafe?«

Ihre Trauer schien echt zu sein. Doch obwohl Mona Mitleid empfand, durfte sie sich von ihren Emotionen nicht blenden lassen.

Sie hatte schon mehr als einmal erlebt, dass eine Täterin überzeugend schmerzliche Gefühle schauspielern konnte.

»Wissen Sie denn, wo sich Ihre Familienmitglieder aufgehalten haben?«

»Nein, Frau Sander. Ich hatte mich nachmittags heimlich mit Lübbo im Ostland getroffen. Dort gibt es genügend einsame Plätzchen, wo wir keine Begegnung mit seiner oder meiner Sippe fürchten mussten. Es ist riskant, sich nachts aus dem Haus zu schleichen, denn mein Großvater hat einen sehr leichten Schlaf. Zwar bin ich schon volljährig, aber er behandelt mich immer noch wie ein kleines Kind. Also behaupte ich, mich für die üppige Natur Borkums zu interessieren. Und wenn ich tagsüber allein mit dem Fahrrad unterwegs bin, hat niemand aus meiner Familie etwas dagegen – vorausgesetzt, ich komme nicht zu spät zum Abendessen!«

Clara Rudinga stieß ein verächtliches Schnauben aus.

»Erzählen Sie mir von Ihrer Beziehung zu Lübbo Fallena«, bat Mona. »Wie lernten Sie einander kennen?«

Die Erinnerung ließ die junge Frau lächeln: »Das war hier auf Borkum, im vorigen Sommer. Ich war in einer Milchbude an der Promenade, wollte mir dort eine Limo holen. Plötzlich spürte ich einen Kälteschock am Rücken. Jemand war gestolpert und hatte mir eine Kugel Eis hinten in mein weißes Top fallen lassen. Das Kleidungsstück war für den Moment ruiniert – Schokoladeneis auf hellem Stoff, das sah übel aus. Ich wurde natürlich sauer und fragte den Kerl, ob das eine besonders originelle Anmache sein sollte. Ihm war es furchtbar peinlich. Er bot mir an, sofort ein neues Oberteil zu kaufen. Na ja, irgendwie fand ich ihn niedlich – auch wenn ich es mir nicht sofort anmerken ließ. Wir kamen jedenfalls ins Gespräch und fühlten uns sofort zueinander hingezogen – auch, nachdem wir merkten, dass er ein Fallena und ich eine Rudinga bin.«

»Also wurden Sie und Lübbo ein Liebespaar?«, vergewisserte Mona sich.

Clara Rudinga nickte und schnaubte sich erneut die Nase. Sie schien Vertrauen zu der Kommissarin gefasst zu haben. »Ja, wir haben dieselbe Wellenlänge. Lübbo versteht … verstand mich. Genau wie ich selbst ist er in einer Familie aufgewachsen, die in der Vergangenheit lebt. Und obwohl wir diese Traditionen nicht wertgeschätzt haben, konnten wir uns doch nicht hundertprozentig davon lösen. Es wäre zu viel Porzellan zerschlagen worden, mein Freund

und ich hätten unsere Verwandtschaft einfach nur unglücklich gemacht.«

»Wie meinen Sie das?«, wollte die Kriminalistin wissen.

»Wir haben unsere Beziehung die ganze Zeit lang geheim gehalten. Ich sagte Ihnen ja gerade schon, dass ich mich nur hinter dem Rücken meiner Eltern und Großeltern mit Lübbo verabredet habe. Sie hätten mich nicht verstanden. Ich hatte schon mal kurz vor dem Abitur einen Freund. Das sah meine Familie ganz locker, Kai durfte sogar bei uns übernachten. Aber er war ja auch kein Fallena!«

Diese Ex-Häuptlinge haben wirklich nicht alle Tassen im Schrank, dachte Mona. Sie sagte: »Können Sie denn ausschließen, dass Lübbos Familie oder Ihre eigene Ihnen auf die Schliche gekommen ist?«

»Nein, das kann ich leider nicht. Natürlich waren wir immer vorsichtig, aber wenn uns doch einmal jemand gesehen hat …«

»Seit wann waren Sie und Ihr Freund denn zusammen?«

»Es begann im vorigen Sommer, als unsere beiden Familien auf Borkum in den Ferienhäusern waren. Da haben wir uns öfter in der freien Natur getroffen, so wie wir es gestern Nachmittag taten. Später war eine Verabredung nicht mehr so oft möglich, weil Lübbo ja nach dem Ende der Semesterferien zurück nach Münster musste. Andererseits wurde es einfacher, weil er weit von Ostfriesland entfernt war. Einige Male habe ich ihn dort besucht und in seiner Studentenbude übernachtet. Ich habe eine Freundin, die dort auch an der Uni ist und mir ein ›Alibi‹ verschafft hätte. Ich behauptete nämlich, dass ich bei Lisa wohnen würde – was ich natürlich nicht tat.«

»Sind Sie eigentlich auch an der Universität eingeschrieben?«

»Noch nicht, Frau Sander. Ich warte auf meinen Medizin-Studienplatz in Berlin, im Wintersemester soll es so weit sein. Momentan jobbe ich stundenweise in einer Boutique an der Promenade. Meine Eltern wollen, dass ich den Wert von Arbeit und eigenem Geld schätzen lerne. Und es ist mir auch recht, dort zu sein. Ich habe gern Menschen um mich. – Es ist übrigens derselbe Laden, in dem Lübbo mir damals nach dem Eisunfall ein neues Oberteil gekauft hat …«

Sie begann erneut zu weinen. Die Kommissarin beugte sich vor und legte ihren Arm um Claras Schultern. Mona fand, dass sie für den Moment genug gehört hatte. Nachdem die junge Frau sich etwas beruhigt hatte, ließ die Ermittlerin sich ihre Mobilnummer geben.

Dann sagte sie: »Mein Kollege und ich werden später auch Ihre Eltern und Großeltern befragen müssen. Und es lässt sich wahrscheinlich nicht vermeiden, dass dann Ihre Beziehung zu Lübbo Fallena zur Sprache kommt.«

Clara hob das Kinn, sie wirkte nun trotzig: »Jetzt ist es mir egal, denn mein Freund ist tot und mein Glück zerstört. Meine Familie kann mich mit Vorwürfen überschütten – es ändert nichts.«

Mona schnitt ein anderes Thema an. Sie hatte ein Foto von der Taschenuhr gemacht, bevor sie diese an das kriminaltechnische Labor einsenden ließ. Die Kommissarin zeigte der jungen Frau die Aufnahme: »Haben Sie diese Uhr schon einmal gesehen?«

Clara schaute sich das Bild an und verneinte: »Meine Eltern und Großeltern besitzen zahlreiche Erinnerungsstücke, aber dieses kenne ich nicht. Und die beiden Personen auf dem alten Foto sind garantiert nicht mit mir verwandt. Ich kenne meine Ahnentafel in- und auswendig.«

Mona erhob sich aus ihrer kauernden Position und klopfte sich den Sand von der Hose. Sie sagte: »Ihr Verlust tut mir aufrichtig leid. Meine Kollegen und ich werden alles tun, um den Schuldigen zur Verantwortung zu ziehen. Vermutlich treffen wir uns heute noch einmal.«

»Danke, Frau Sander«, erwiderte Clara leise. Die Ermittlerin hatte ein ungutes Gefühl in der Magengegend, als sie sich auf den Rückweg zur Dienststelle machte. Alles sprach dafür, dass der Mörder die Verbindung zwischen den Liebenden aus verfeindeten Sippen um jeden Preis hatte verhindern wollen. Für Monas Geschmack war dieses Motiv sogar ein wenig *zu* offensichtlich – insbesondere mit dem Rudinga-Ehrendolch als Tatwaffe. Ausschließen konnte man diese Möglichkeit deshalb allerdings noch lange nicht. Für Clara war es gewiss schon schlimm genug, dass Lübbo nicht mehr lebte. Wenn die Polizei jetzt auch noch ihren Vater oder Großvater oder einen anderen Verwandten als Mörder entlarvte, wäre die Katastrophe für die junge Frau nur umso schlimmer. Aber noch war alles offen. Als Mona einige Zeit später ihr Büro betrat, legte der Oberkommissar gerade den Telefonhörer auf.

»Konntest du etwas erreichen?«, wollte sie wissen.

»Ja, der Historiker war ein guter Ansprechpartner. Die Eheleute Hauke und Seetje stammen aus dem Geschlecht der Fallenas, das hat er mir bestätigt. Also könnte man annehmen, dass Lübbo die Uhr mit zum Strand genommen hat. Sie muss ihm aus der Tasche gefallen sein, als sein Leichnam in die Strandmüllbox gelegt wurde.«

»Das ist plausibel, Enno. Jetzt müssen wir nur noch herausfinden, warum er den Zeitmesser mit an den Strand genommen hat. Und was er überhaupt dort wollte.«

»Ja, unser Beruf hält ständig neue Herausforderungen für uns bereit. – Und wie verlief deine Spurensuche?«

Die Kommissarin berichtete von ihrer Begegnung mit Clara und was sie von ihr erfahren hatte. Enno erwiderte: »Das ist ja eine klassische Romeo-und-Julia-Geschichte!«

»Richtig, wobei ich nicht die Hand dafür ins Feuer legen würde, dass Lübbo wegen seiner Verbindung mit Clara sterben musste. Die junge Frau war am Boden zerstört, wofür ich vollstes Verständnis habe. Ein Alibi für die Tatnacht konnte sie mir allerdings nicht präsentieren.«

»Hältst du es denn für möglich, dass sie in den Mord verwickelt ist?«, wollte der Ostfriese wissen. Sie antwortete: »Falls das so sein sollte, dann ist sie eine sehr überzeugende Lügnerin.«

Kapitel 6

Die Kommissare stiegen in ihren Dienstwagen und fuhren zum Barbaraweg. Dieser erstreckte sich vom Insel-Campingplatz bis zu den Bantjedünen. Das geräumige Ferienhaus der Häuptlingsfamilie befand sich auf einem ruhigen und idyllisch wirkenden Abschnitt unweit der Straße Richtung Upholmhof. Hier präsentierte sich Borkum ganz besonders ländlich, man war von Wiesen und Weiden umgeben.

»Wetten, dass die gesamte Familie schon hinter den Gardinen steht und uns beobachtet?«, meinte Mona leise, während sie die Beifahrertür von außen schloss.

Enno hatte das Auto ebenfalls verlassen und zwinkerte ihr zu: »Ich würde dir nicht widersprechen. Außerdem konnten sie ihre Aussagen inzwischen in aller Ruhe aufeinander abstimmen.«

Dieser Umstand war der Kommissarin natürlich auch bewusst. Allerdings hatte sie keine Idee, wie es zu verhindern gewesen wäre. Momentan beschäftigte sie eher die Frage, ob Clara Rudinga schon ins Ferienhaus zurückgekehrt war und mit ihren Verwandten gesprochen hatte. Der Oberkommissar klingelte. Gleich darauf wurde von Tammo Rudinga höchstpersönlich geöffnet. Der Patriarch legte den Kopf in den Nacken, um dem Zwei-Meter-Mann Enno ins Gesicht schauen zu können.

»Moin, Herr Rudinga. Ich bin Oberkommissar Moll, meine Kollegin Kommissarin Sander haben Sie ja schon kennengelernt. Wir müssen Ihnen und Ihrer Familie noch einige Fragen zu unserem aktuellen Fall stellen.«

»Selbstverständlich, treten Sie bitte näher«, erwiderte Rudinga mit kalter Höflichkeit.

»Wir möchten gern die Vitrine in Augenschein nehmen«, bat Mona.

Der Hausherr führte die beiden wortlos in einen Nebenraum, der an ein Mini-Museum erinnerte. An den Wänden hingen Ölgemälde. Eines stellte eine ostfriesische Burg dar, vermutlich der Stammsitz des Häuptlingsgeschlechts. Ein anderes Bild zeigte Schlachtengetümmel in einer von Wassergräben durchzogenen Landschaft. Nach den Waffen und der Soldatenkleidung musste der Kampf irgendwann im 15. oder 16. Jahrhundert stattgefunden haben. Mona war sicher, dass der Rudinga-Clan bei diesem Gemetzel den Sieg davongetragen hatte. Andernfalls wäre wohl kaum eine künstlerische Darstellung in Auftrag gegeben worden. Auch andere Gegenstände zeugten von der kriegerischen Vergangenheit der Häuptlinge, beispielsweise ein Brustpanzer oder eine reich bestickte Schärpe. Doch Mona konzentrierte sich jetzt ganz auf die Vitrine. Sie zog sich Latexhandschuhe über, der Oberkommissar tat es ihr nach. Der leere Schaukasten befand sich auf einem hölzernen Sockel. Dort war auch das kleine Messingschloss. Mona beugte sich vor und stellte fest: »Der Mechanismus lässt sich mit einem Draht leicht öffnen.«

Sie zog einen Beutel für Beweisstücke aus der Tasche.

»Haben Sie etwas gefunden?«, fragte Rudinga gespannt.

Die Ermittlerin ging auf den Satz nicht ein. Stattdessen winkte sie ihren Kollegen heran.

Enno setzte seine Brille auf. »Da ist ein Textilfaden, der sich im Schloss verklemmt hat«, sagte er. »Er könnte von den Handschuhen stammen, die der Täter getragen hat.«

»Das dürfte wohl der durchschlagende Beweis dafür sein, dass meine Angehörigen und ich unschuldig sind!«, tönte Rudinga.

»Wie kommen Sie denn darauf?«

»Ist das nicht völlig logisch, Frau Sander? Für uns alle wäre es unverdächtig, die Vitrine zu berühren, da wir im Haus leben und der Dolch Familienbesitz ist. Ein Fremder hätte sich darum sorgen müssen, dass er seine Fingerabdrücke auf dem Glas hinterlässt.«

»Im Prinzip haben Sie recht, Herr Rudinga. Allerdings wäre es besonders raffiniert, wenn ein Mitglied des Hausstandes für den Diebstahl Handschuhe benutzt hätte – um nämlich den Verdacht auf einen Außenstehenden zu lenken.«

Diese Schlussfolgerung schien Rudinga nicht zu gefallen. Er warf der Kommissarin einen gereizten Blick zu. »Sie haben vermutlich inzwischen von den … Differenzen zwischen den Fallenas und meiner Familie gehört«, knurrte er.

»Dies scheint ja in Ostfriesland kein Geheimnis zu sein«, erwiderte Mona. Sie versuchte, diesen Satz nicht allzu ironisch klingen zu lassen, und fuhr fort: »Wir müssen alle Möglichkeiten berücksichtigen.«

Ob der Großvater schon über die Liebesangelegenheiten seiner Enkelin informiert war? Die Kommissarin wollte dieses Thema nicht von sich aus ansprechen. Es bestand die Chance, dass Tammo Rudinga sich in Widersprüche verwickelte und darauf festgenagelt werden konnte. Aber dafür durfte sie wie bei einer Partie Poker ihren Widersacher über ihre Karten im Unklaren lassen.

»Wir sollten die Fenster und Türen auf Einbruchspuren untersuchen«, schlug Enno vor, der sich bisher zurückgehalten hatte.

Während die Ermittler damit begannen, hielt Mona das Gespräch mit dem Patriarchen in Gang: »Womit verdienen Sie eigentlich Ihren Lebensunterhalt, Herr Rudinga?«

»Ich bin im Containergeschäft. Unser wichtigster Standort ist Wilhelmshaven, wir besitzen aber auch Kapazitäten in Hamburg und Antwerpen. Ich vermiete Container, mithilfe eines Geschäftspartners werden sie auch repariert und gewartet. Obwohl die Behälter robust wirken, müssen sie doch sachgemäß gepflegt werden. Und das ist in manchen Häfen sehr schwierig.«

Sobald Rudinga über seinen Beruf zu reden begann, wurde er etwas zugänglicher. Zumindest kam es der Kommissarin so vor.

Als die Kriminalisten den Wohnsalon betraten, trafen sie dort auf den größten Teil von Rudingas Familie. Er stellte seine Gattin Aafke vor, eine sehr schlanke Dame mit grauer Kurzhaarfrisur. Sie war nach Monas Schätzung ungefähr im selben Alter wie ihr Ehemann. Der gemeinsame Sohn Johan war beleibter als sein Vater, aber die Familienähnlichkeit konnte man trotzdem nicht übersehen. Dessen Frau Ebba wirkte wie eine ältere und gröbere Version von Clara. Die Kommissare stellten sich den Anwesenden vor. Ebba Rudinga sagte: »Ich habe meiner Tochter auf die Mailbox gesprochen, dass sie hierher kommen soll. Ich weiß nicht, ob sie momentan arbeitet. Sie hat nämlich einen Aushilfsjob, bis sie ihr Medizinstudium antritt.«

Darüber wusste Mona bereits Bescheid, aber das musste sie den Eltern und Großeltern der jungen Frau nicht auf die Nase binden. Sie sagte: »Sie werden von Herrn Rudinga schon erfahren haben, dass mit dem bei Ihnen gestohlenen Dolch Lübbo Fallena getötet wurde – ein Angehöriger einer Familie, mit der Sie offenbar seit langer Zeit über Kreuz liegen.«

»Das macht uns aber noch lange nicht zu Mördern!«, rief Johan Rudinga forsch.

Die Kommissarin schüttelte den Kopf und betonte: »Das habe ich nicht behauptet. Wir ermitteln in alle Richtungen, trotzdem gibt es nach dem momentanen Stand der Dinge zwei realistische Varianten: Entweder hat wirklich jemand von Ihnen die Tat begangen – oder es gibt eine Person, die Lübbo Fallena beseitigt hat und Ihrer Familie das Verbrechen in die Schuhe schieben will.«

Johan Rudinga öffnete erneut den Mund, wollte offenbar protestieren. Enno sagte: »Ich schlage vor, dass wir unsere Suche nach Einbruchspuren zunächst abschließen, bevor wir weiterreden.«

Die Kommissare überprüften die übrigen Räume. Währenddessen unterhielten sie sich leise miteinander.

»Die verschaukeln uns doch«, flüsterte Mona. »Hier ist nie und nimmer jemand gewaltsam eingedrungen.«

»Das muss nichts zu bedeuten haben«, gab ihr Kollege zu bedenken, »denn mit einem Nachschlüssel könnte man sich ebenfalls unerlaubt Zutritt verschaffen. Die Schlösser sind doch recht altertümlich. Man muss kein Fenster aufhebeln oder eine Tür aufbrechen, um in dieses Haus zu gelangen. – Diese Tatsache würde uns jedenfalls ein guter Strafverteidiger unter die Nase reiben.«

»Du hast ja recht, wie immer«, meinte sie seufzend und fügte hinzu: »Übrigens fehlt noch eine Person in der erlauchten Runde, nämlich Rudingas persönlicher Assistent. Ich bin gespannt, wo er abgeblieben ist.«

Die Ermittler beendeten zunächst ihre Sichtung der Türen und Fenster. Dann kehrten sie zu den Rudingas zurück, die sich nach wie vor im Wohnzimmer aufhielten. Mona wandte sich an den Patriarchen: »Wir müssen auch noch mit Bert Metter sprechen. Wo finden wir ihn?«

»Ich habe ihn zum Fährhafen geschickt, um ein Paket für mich abzuholen. Sobald er zurückgekehrt ist, kann er sich auf der Polizeiwache melden. Er – ah, das könnte er sein.«

In diesem Moment war nämlich zu hören, wie die Haustür aufgeschlossen wurde.

»Ihr Assistent hat also einen eigenen Schlüssel«, stellte Mona fest. Sie fügte in Gedanken hinzu: *Also kann er bei Tag und Nacht kommen und gehen, wie es ihm beliebt.*

»Ja, selbstverständlich – er … Kind, wie siehst du denn aus?«

Tammo Rudinga unterbrach sich selbst, denn nun betrat nicht Bert Metter, sondern seine Enkelin den Raum. Ihr Gesicht war verquollen, es trug deutliche Spuren des Weinens und der Trauer. Doch als sie den Mund öffnete, hörte sich ihre Stimme hart und entschlossen an: »Opa, als du vorhin die Nachricht von Lübbos Tod brachtest, habe ich mich wortlos verabschiedet. Das habt ihr wahrscheinlich gar nicht bemerkt. Ich stand unter Schock, diese Hiobsbotschaft musste ich erst einmal verarbeiten. Und ich will jetzt eine ehrliche Antwort von euch: Musste mein Freund sterben, weil wir ein Paar waren?«

Aafke Rudinga zog die Augenbrauen zusammen und fauchte: »Clara, bist du von allen guten Geistern verlassen? Was redest du da?«

»Lübbo und ich haben einander geliebt. Wolltet ihr unser Glück zerstören, weil vor ein paar Jahrhunderten irgendwelche Machthaber sich gerauft haben?«

»Wie respektlos redest du über deine eigenen Vorfahren?«, grollte der Patriarch. »Das waren ehrenwerte Häuptlinge, auf die du stolz sein solltest!«

»Hat einer von euch Lübbo getötet – ja oder nein?«

Während Clara Rudinga diese Frage stellte, schaute sie nacheinander ihrem Vater, ihrer Mutter, ihrer Großmutter und ihrem Großvater in die Augen. Sie alle wirkten nach Monas Einschätzung irgendwie … peinlich berührt. So, als ob die junge Frau gebeichtet hätte, an einer ekelhaften Krankheit zu leiden. Eine Antwort bekam sie jedenfalls nicht.

»Sie überlassen es besser uns, den Täter zu ermitteln«, sagte Mona. Sie legte ihre Hand beruhigend auf die Schulter der jungen Frau, aber Clara zuckte zurück.

»Lassen Sie das, Frau Sander!«

»Du kennst die Kommissarin bereits?«, vergewisserte sich Tammo Rudinga. Er klang misstrauisch.

Seine Enkelin antwortete: »Ja, ich habe dort, wo Lübbo sterben musste, Blumen hinterlassen. Ich werde der Polizei alles verraten, was ich weiß. Und wenn die Beamten es nicht schaffen, den Mörder zu überführen, nehme ich die Sache selbst in die Hand!«

Kapitel 7

Für einen Moment herrschte Stille. Mona fand es bezeichnend, dass niemand versuchte, Clara zu trösten oder in die Arme zu nehmen. Hatte die junge Frau sich wirklich so sehr ins Abseits geschossen, indem sie mit einem Fallena zusammen gewesen war?

Die Kommissarin sagte: »Ihren letzten Satz haben wir nicht gehört. Wir dulden auf dieser Insel keine Selbstjustiz. Sie können sicher sein, dass wir alles tun werden, um diesen Mordfall so schnell wie möglich aufzuklären.«

»Da merkt man eben, dass ich aus einer Häuptlingsfamilie stamme!«, erwiderte Clara höhnisch. »In früheren Zeiten waren *wir* die Herren über Leben und Tod!«

»Das reicht, mein Fräulein! Du gehst jetzt sofort auf dein Zimmer!«, rief Tammo Rudinga und zeigte Richtung Treppe. Claras Selbstbeherrschung, die ihr diesen bemerkenswerten Auftritt ermöglicht hatte, fiel in sich zusammen. Sie schlug die Hände vor das Gesicht und rannte die Stufen hinauf. Gleich darauf hörte man, wie eine Tür zugeschlagen wurde. Normalerweise hätte Mona es nicht unkommentiert gelassen, wenn eine Erwachsene weggeschickt wurde wie ein kleines Kind. Rudingas Befehl war vermutlich bezeichnend für den Umgangston in dieser Familie, aber in diesem Augenblick eher nebensächlich.

»Die Vorwürfe Ihrer Enkelin sind also unberechtigt?«, wollte die Kommissarin wissen. Dabei bemühte sie sich, eine möglichst unschuldig wirkende Miene aufzusetzen.

»Das ist eine äußerst unverschämte Bemerkung, Frau Sander!«, polterte der Patriarch.

»Ich habe Ihnen eine ganz normale Frage gestellt. Wussten Sie eigentlich von der Beziehung zwischen Clara und dem Mordopfer? Darin könnte man nämlich ein sehr überzeugendes Tatmotiv sehen.«

»Ihre Unverschämtheiten höre ich mir nicht länger an. Ohne einen Rechtsanwalt sprechen wir nicht mehr mit Ihnen.«

Tammo Rudinga machte eine Armbewegung, mit der er seine Gattin und die beiden anderen Familienmitglieder einschloss. Mona zweifelte ohnehin nicht daran, dass sie alle nach seiner Pfeife tanzten.

»Darauf haben Sie selbstverständlich Anspruch«, sagte Enno mit entwaffnender Freundlichkeit. »Wir finden allein hinaus. Und vergessen Sie bitte nicht, Herrn Metter zur Polizeistation zu schicken.«

Mona hielt den Mund, bis die beiden wieder in ihrem Dienstwagen saßen. Dann machte sie ihrem Herzen Luft: »Was glaubst du, Enno – habe ich den Bogen überspannt?«

»Nein, so würde ich das nicht sehen. Ich habe mir die Rudingas genau angeschaut, als Clara ihren denkwürdigen Auftritt hatte. Sowohl ihre Eltern als auch ihre Großeltern kamen mir überrumpelt vor.«

Die Kriminalistin erwiderte: »Ja, richtig. Aber – wovon genau? Waren sie überrascht, von der Liebesgeschichte zu hören? Oder davon, dass Clara sie in Anwesenheit von Polizisten des Mordes bezichtigt?«

»Dies wird sich hier und jetzt nicht klären lassen«, meinte der Ostfriese. »Wir sollten das Leben des Mordopfers genauer durchleuchten. Wir sollten zumindest ausschließen können, dass es außer Claras Eltern und Großeltern noch weitere Personen mit einem überzeugenden Mordmotiv gibt. Von Lübbos Familie können wir leider keine objektiven Aussagen erwarten. Ich habe dir ja schon berichtet, dass Geert Fallena mir seinen Enkelsohn als ein Prachtexemplar ohne Fehl und Tadel verkaufen wollte.«

Mona überlegte einen Moment. »Kannst du dich noch an Nicole Roff erinnern, Enno?«

»Du meinst die Kommissarin aus Münster, die voriges Jahr durch dieses Austauschprogramm bei uns war? Ja, ich hatte allerdings nie viel mit ihr zu tun.«

»Ich schon, allerdings mehr privat«, erzählte die Ermittlerin. »Nicole und ich sind gelegentlich mal zusammen um die Häuser gezogen, haben abends die Bismarckstraße und die Promenade unsicher gemacht. Sie ist eher ein zurückhaltender Mensch …«

»Also das genaue Gegenteil von dir«, warf der Oberkommissar schmunzelnd ein.

»Du bist doof!«, rief Mona und knuffte ihm spielerisch in die Rippen. Sie fuhr fort: »Auf jeden Fall kann ich Nicole bitten, sich persönlich in Lübbo Fallenas Umfeld an der Universität Münster einen Eindruck zu verschaffen. Hatte er dort Feinde oder Rivalen? War er in Machenschaften verwickelt, von denen wir noch nichts wissen? Das sind Dinge, die sich nicht unbedingt herausfinden lassen, wenn wir von Borkum aus dort anrufen.«

»Das ist eine gute Idee«, meinte Enno.

Sobald die beiden wieder in ihrem Dienstzimmer waren, nahm die Kommissarin Kontakt mit dem Polizeipräsidium Münster auf. Sie ließ sich mit Nicole Roff verbinden.

»Moin, hier ist Mona.«

»Das ist ja eine nette Überraschung!«, rief die Kollegin aus Nordrhein-Westfalen. »Wie geht es dir? Ich denke noch immer gern an die Sundowner zurück, die wir uns an der Musikkuppel mit Blick aufs Meer gegönnt haben.«

»Ja, das sollten wir mal wieder tun. Du kannst auch gern bei mir pennen, wenn es dich nach Borkum verschlägt. Heute habe ich allerdings ein dienstliches Anliegen …«

Sie schilderte, worum es ging. Nicole Roff erwiderte: »Ich bin aktuell bei der Bekämpfung von Cyberkriminalität eingesetzt, aber gegen die Befragung von ein paar Menschen aus Fleisch und Blut hätte ich nichts einzuwenden.«

»Es geht ja nur darum, einen allgemeinen Eindruck zu bekommen«, betonte Mona. »Falls du auf interessante Personen stößt, kann man diese immer noch offiziell vorladen. Wir müssen einfach erfahren, ob Lübbo Fallena Feinde hatte. Er war Alleinerbe des Familienunternehmens, da kommen natürlich auch Neid oder Missgunst als Tatmotive ins Spiel.«

»Ich werde mit ein paar Studenten und Dozenten sprechen«, versprach Nicole. »Sobald ich etwas in Erfahrung bringen konnte, melde ich mich.«

Während die Kommissarin telefoniert hatte, bekam auch Enno einen Anruf. Und dessen Inhalt schien nicht sehr erfreulich zu sein, wie sie von seinem Gesicht ablesen konnte.

»Was ist dir denn für eine Laus über die Leber gelaufen?«

»Die Laus heißt Oltbeck«, gab der Ostfriese trocken zurück, »und wir sollen gleich bei ihm antanzen.«

»Ich kann mir schon vorstellen, worum es geht.«

Mona behielt mit ihrer Vermutung recht. Kaum hatten die Kommissare das Büro ihres Chefs betreten, als er die Katze aus dem Sack ließ: »Tammo Rudinga hat sich bei mir beschwert …«

Die Ermittlerin ließ ihn nicht ausreden, sondern startete sofort einen Gegenangriff: »Hat dieser Herr Ihnen auch mitgeteilt, dass seine eigene Enkelin ihn des Mordes bezichtigt?«

Der Ostfriese kam ihr zu Hilfe: »Das stimmt. Clara Rudinga hatte nach eigenen Angaben eine Beziehung zu Lübbo Fallena, was die beiden aus Angst vor ihren Familien verheimlicht haben. Es ist nicht auszuschließen, dass diese Liebesgeschichte der Grund für den Tod des jungen Mannes sein könnte.«

Der Dienststellenleiter hatte seine Untergebenen offenbar rüffeln wollen, weil sie sich seiner Meinung nach gegenüber der Häuptlingsfamilie unverschämt verhalten hatten. Doch diese Neuigkeiten brachten ihn aus dem Konzept: »Sie meinen … es könnte sich wirklich um einen Mord aufgrund dieser geheimen Verbindung zwischen den Sippen handeln?«

»Wir sollten diese Möglichkeit nicht abtun«, sagte Enno. Er fügte hinzu: »Tammo Rudinga hat angekündigt, nur im Beisein eines Juristen mit uns sprechen zu wollen. Das bedeutet immerhin, dass er zu weiteren Auskünften bereit ist.«

Mona ergänzte: »Der Herr hat außerdem seinen Zierdolch – die Mordwaffe – bei mir als gestohlen gemeldet. Wenn wir also diese Diebstahlanzeige verfolgen, kann er schlecht etwas dagegen sagen. Und falls der Dolchdieb wirklich nichts mit den Rudingas zu tun hat – mir soll es recht sein. Wenn wir herausfinden, wer die Stoßwaffe entwendete, dann haben wir auch den Mörder.«

Oltbeck gab sich geschlagen: »Also gut – ich bin mir darüber im Klaren, dass sowohl Geert Fallena als auch Tammo Rudinga schwierige Charaktere sind. Sie trauern immer noch den Zeiten hinterher, als ihre Vorfahren nur dem Kaiser Rechenschaft schuldig waren. Und der hat sich bekanntlich nie besonders für Ostfriesland interessiert. – Versuchen Sie einfach, nicht zu viel Unruhe zu stiften – das gilt besonders für Sie, Frau Sander.«

»Ich werde mich bemühen«, versicherte sie. Dabei war ihr bewusst, dass ihr Temperament früher oder später garantiert wieder mit ihr durchgehen würde.

Nachdem der Kurzbesuch bei ihrem Vorgesetzten beendet war, sagte Enno: »Ich finde, dass wir uns jetzt ein Mittagessen verdient haben.«

»Du hast mich schon überredet«, erwiderte Mona lächelnd. Sie wusste, dass Hungergefühle die Kombinationsgabe des Oberkommissars dramatisch verschlechterten. Außerdem machte sich auch in ihrem eigenen Magen eine gewisse Leere bemerkbar. Ob die beiden später am Tag Zeit für Nahrungsaufnahme finden würden, stand in den Sternen. Sie gingen zu dem beliebten Fischimbiss *Knurrhahn*, der sich in der nahe gelegenen Franz-Habich-Straße befand. Mona mochte die turbulente Atmosphäre an diesem zentral gelegenen Ort. Sie konnte in aller Ruhe ihr Essen genießen und dabei die Passanten beobachten, die in der Fußgängerzone vorbeiströmten. Sie bestellte ihren geliebten Neptunsalat, während Enno dem Seelachsfilet mit Kartoffelsalat den Vorzug gab. Sie fanden noch einen freien Stehtisch. Die Kommissarin rutschte auf einen Barhocker, nahm einen Schluck von ihrem alkoholfreien Bier und sagte: »Wenn Bert Metter einen Schlüssel zum Ferienhaus besitzt, hätte er sich den Dolch schnappen können, ohne in das Gebäude einbrechen zu müssen.«

»Ja, das wäre ihm möglich gewesen«, stimmte der Ostfriese zu. »Jetzt müssen wir nur noch herausfinden, warum er Lübbo Fallena hätte töten sollen. Mit dieser uralten Familienrivalität kann er ja nichts am Hut gehabt haben, da er kein Rudinga ist. – Bevor Oltbeck mich vorhin angerufen hat, habe ich übrigens mal kurz den Namen Metter durch unsere Datenbanken laufen lassen. Der Mann ist polizeilich ein unbeschriebenes Blatt. Das macht ihn zwar nicht automatisch unverdächtig – er könnte beispielsweise im Auftrag seines Herrn und Meisters gehandelt haben.«

Mona schüttelte den Kopf und widersprach: »Ich bin kein Fan von Tammo Rudinga, aber ich kann mir nicht vorstellen, dass er einen Fremden in seine Familienangelegenheiten hineinziehen will. Angenommen, die Rudingas hätten Lübbo wirklich tot sehen wollen, weil sie Claras Verbindung zu ihm als Schande empfinden. Das muss man nicht verstehen, aber so ticken diese Leute scheinbar. Wäre es dann nicht naheliegender, wenn Tammo persönlich den jungen Mann niedersticht? Oder, falls er sich dafür nicht fit genug fühlt, seinen Sohn damit beauftragt?«

Enno hörte sich skeptisch an: »Und warum hätte man ausgerechnet den familieneigenen Zierdolch als Tatwaffe benutzen sollen?«

»Weil die Rudingas ganz besonders raffiniert sein wollten!«, vermutete die Kommissarin. Sie ergänzte: »Gerade *weil* die Wahl der Waffe so eindeutig auf die Rudingas weist, müssen sie als Unschuldige erscheinen, denen der wahre Täter etwas anhängen will. Dieser Gedanke ist uns doch auch sofort gekommen, Enno! Dazu passt, dass Tammo Rudinga höchstpersönlich auf der Polizeiwache erscheint, um den Diebstahl anzuzeigen. – Ich muss zugeben, dass mir seine Überraschung ziemlich echt erschien, als ich ihm das Tatortfoto von Lübbo Fallena zeigte. Vielleicht ist der Patriarch einfach ein begnadeter Schauspieler.«

Enno entgegnete nichts, denn nun stand zunächst das Mittagessen auf dem Programm. Nachdem die Kommissare gesättigt waren und gezahlt hatten, gingen sie zur Polizeistation zurück. Als sie das Wachlokal betraten, sagte Grietje: »Da seid ihr ja! Ich wollte gerade anrufen. – Der Herr möchte zu euch.«

Sie deutete auf einen Mann, der auf der hölzernen Besucherbank gehockt hatte. Er stand nun auf und kam auf die Ermittler zu: »Moin, mein Name ist Bert Metter.«

Kapitel 8

Mona schaute sich Rudingas Assistenten genauer an. Sie schätzte ihn auf Mitte vierzig. Er trug sein dunkelblondes Haar zu einer modischen Frisur geschnitten. Die Augen hinter der randlosen Brille waren grau. Metter trug Jeans und eine orangefarbene Windjacke einer Designermarke. Er kam ihr wie ein Tourist vor, der eigentlich lieber nach Sylt gereist wäre, den es aber aufgrund unvorhergesehener Umstände nach Borkum verschlagen hatte. Die Kommissarin nannte Ennos und ihren eigenen Namen. Sie fügte hinzu: »Es ist gut, dass Sie so schnell hierherkommen konnten, Herr Metter. Folgen Sie uns bitte.«

Sie ging in ihr Dienstzimmer voraus. Enno kündigte an, dass er Tee kochen und dann nachkommen wollte. Die Ermittlerin bot Metter ihren Besucherstuhl an.

»Inwieweit hat Ihr Arbeitgeber Sie informiert?«, wollte Mona wissen.

Der Assistent antwortete: »Mir ist nur bekannt, dass der Rudinga-Zierdolch gestohlen wurde. Offenbar hat jemand mit dieser Waffe einen Mord begangen.«

»So ist es. Das Opfer heißt Lübbo Fallena. Sagt Ihnen der Name etwas?«

Metter hielt die Hände im Schoß gefaltet, als ob er beten wollte. Er senkte den Kopf, sodass die Kommissarin ihm nicht in die Augen sehen konnte. Sie ließ ihm Zeit, aber nach einer Weile verlor sie die Geduld: »Ich habe Sie etwas gefragt!«

Metter hob das Kinn. Er schnitt eine Grimasse, als ob ihm eine Wurzelbehandlung beim Zahnarzt unmittelbar bevorstehen würde. »Ich arbeite seit fünf Jahren für Herrn Rudinga. Da bleibt es natürlich nicht aus, dass ich auch von privaten Dingen erfahre – wie beispielsweise von diesen jahrhundertealten Streitigkeiten zwischen den Rudingas und den Fallenas.«

Na also, geht doch!, dachte Mona. Sie sagte: »Haben Sie den Dolch aus der Vitrine genommen?«

»Selbstverständlich nicht, Frau Sander!«

»Jemand muss es getan haben. Gibt es eine Person, die Ihnen in diesem Zusammenhang einfällt?«

Erneut schien Metter sich in Schweigen hüllen zu wollen. Er schaute an der Kommissarin vorbei aus dem Fenster. Doch draußen auf der Strandstraße ging momentan niemand vorbei, der ihm aus seiner Lage heraushelfen könnte. Mona spürte, dass er etwas vor ihr verbergen wollte. Sie war wild entschlossen, ihn nicht vom Haken zu lassen. Doch bevor sie schwere Geschütze auffuhr, versuchte sie es mit Entgegenkommen: »Ich kann mir vorstellen, wie Sie sich fühlen müssen, Herr Metter. Sie sind Ihrem Chef gegenüber zu Loyalität verpflichtet. Er hat mir gesagt, dass Sie für ihn praktisch schon zur Familie gehören würden.«

Der Assistent nickte seufzend: »Ja, ich kann mich nicht beklagen. Herr Rudinga vertraut mir, ich habe Einblicke in alle seine geschäftlichen Vorgänge. Und natürlich bekomme ich auch einiges vom Privatleben der Familie mit.«

Mona beugte sich vor und schaute ihm in die Augen: »Wenn Sie bei einer Mordermittlung Informationen zurückhalten, müssen Sie mit einer Anklage wegen Beihilfe rechnen. Das wollen Sie doch bestimmt vermeiden.«

»Ich will keine Schwierigkeiten mit der Polizei bekommen!«, beteuerte Metter.

Nun gab es eine kleine Unterbrechung, weil Enno mit der Teekanne, Tassen, Kandis und Sahne anrückte. Nachdem Mona, der Zeuge und der Oberkommissar sich an dem ostfriesischen Lebenselixier bedient hatten, setzte die Kriminalistin ihr charmantestes Lächeln auf: »Herr Metter wird uns jetzt berichten, was er vor dem Dolch-Diebstahl und danach mitbekommen hat. So ist es doch, nicht wahr?«

Sie spürte, dass dieser Mann nur noch eine kleine Ermunterung brauchte, um auszupacken. Metter trank schnell einige Schlucke Tee und begann: »Clara Rudinga hatte ein Verhältnis mit Lübbo Fallena.«

Mona hakte sofort ein. Als die junge Frau ihrer Familie gegenüber die Karten auf den Tisch gelegt hatte, war der Assistent gar nicht dabei gewesen. Hatte Tammo Rudinga ihm die Information gegeben?

»Woher wissen Sie das, Herr Metter?«

Der Assistent druckste herum, bevor er die Frage der Kriminalistin beantwortete.

»Also, *wissen* ist vielleicht der falsche Ausdruck. Ich habe es mir zusammengereimt.«

»Das müssen Sie uns schon etwas genauer erklären«, bat Enno. Man konnte deutlich spüren, dass Metter sich in seiner Haut nicht besonders wohlfühlte. Aber nun gab es für ihn kein Zurück mehr.

»Ich muss doch die Wahrheit sagen?« Mit diesen Worten warf er der Kommissarin einen hilfesuchenden Blick zu.

Soll ich jetzt vielleicht mit ihm Händchen halten?, dachte sie und erwiderte: »Damit machen Sie nichts falsch. Und Sie müssen sich nicht vor den Konsequenzen fürchten. Wir werden dafür sorgen, dass Sie wegen Ihrer Aussage keine Probleme bekommen.«

»Ich vertraue Ihnen, Frau Sander. – Vor zehn oder elf Tagen wurde ich unbeabsichtigt Zeuge eines Wortwechsels zwischen Herrn Rudinga und seinem Sohn Johan. Dieser sagte wörtlich: ›Wenn Lübbo nicht seine dreckigen Pfoten von meiner Tochter lässt, dann passiert ein Unglück!‹«

»Und wie reagierte Tammo Rudinga?«

Metter beantwortete zögernd Ennos Frage: »Er sagte sinngemäß, dass ein Abkömmling eines Häuptlingsgeschlechts die Ehre über alles andere stellen müsse.«

Diese Aussagen überraschten Mona nicht wirklich. Sie wollte mehr erfahren: »Was für ein Mensch ist der Sohn Ihres Arbeitgebers? Wie würden Sie ihn charakterisieren?«

»Ich bin kein Psychologe …«

»Das ist mir schon klar. Aber Sie arbeiten seit fünf Jahren für diese Familie. Da werden Sie einen Eindruck von Johan Rudinga gewonnen haben.«

»Er ist ein anständiger Mann, der seine Frau und seine Tochter aufrichtig liebt. Besonders Clara hütet er wie seinen Augapfel. Er ist stets auf ihr Wohlergehen bedacht … aber ich kann mir nicht vorstellen, dass Johan Rudinga zu einem Verbrechen fähig wäre.«

Mona fand diese Aussage fragwürdig. Einerseits betonte Metter, wie wichtig die Gattin und das Kind für Johan Rudinga seien. Sollte dies bedeuten, dass er für seine Familie auch gegen Gesetze verstoßen würde? Doch mit seinem nächsten Satz sprach der Assistent dem Sohn seines Chefs ab, eine Straftat begehen zu können. Das passte nicht zusammen, wie sie fand. Die Kommissarin musste allerdings berücksichtigen, dass Metter kein Polizist war. Sie selbst hatte in ihrem Berufsleben oft genug erlebt, wie scheinbar friedliche Bürger zu Verbrechern geworden waren. Dies war nicht so ungewöhnlich, wie Außenstehende oftmals glaubten.

Enno wollte wissen: »Haben Tammo und Johan Rudinga auch bei anderen Gelegenheiten über Lübbo Fallena oder dessen Familie gesprochen?«

»Nicht in meiner Gegenwart, Herr Moll. Und wie gesagt, ich wurde nur zufällig Zeuge des Gesprächs. Ich wäre Ihnen sehr verbunden, wenn Sie meinen Namen aus Ihren Ermittlungen heraushalten könnten. Herr Rudinga soll nicht den Eindruck gewinnen, dass ich ihn und seine Familie ausspionieren würde.«

»Wir werden so diskret wie möglich vorgehen«, versicherte der Oberkommissar.

Mona kam nun auf einen anderen Aspekt zu sprechen: »Wie haben Sie eigentlich den gestrigen Abend verbracht?«

»Ich bin ein wenig über die Promenade gebummelt und habe mir einige Drinks gegönnt. Betrunken war ich nicht, nur etwas angesäuselt. Gegen Mitternacht kehrte ich ins Ferienhaus der Rudingas zurück und legte mich schlafen.«

»Wo genau sind Sie gewesen, Herr Metter? Kann jemand Ihre Angaben bestätigen?«

»Ich war in *Ria's Beach* an der Promenade, außerdem im *Pferdestall* auf der Bismarckstraße und in der *Seekiste* am Inselbahnhof. – Ich verkehre öfter in diesen Lokalen, man hat mich wahrscheinlich wiedererkannt. Leider war ich allein unterwegs, ich bin momentan solo.«

Er warf Mona einen sehnsuchtsvollen Blick zu.

»Ich bin *nicht* solo«, stellte sie klar.

»Verzeihen Sie, ich wollte nicht …«, stammelte Metter.

Mona unterbrach ihn: »Ich habe Ihre Avancen schon vergessen – lassen Sie uns beim Thema bleiben. Wir werden Ihr Alibi natürlich überprüfen. Hatten Sie Ihren Schlüssel für das Ferienhaus dabei?«

»Ja, selbstverständlich.«

»Wäre es möglich, dass Ihnen der Schlüssel zwischenzeitlich abhandengekommen ist?«

Nachdem die Kommissarin diese Frage gestellt hatte, sah Metter verblüfft aus: »Sie meinen, der Dieb des Dolchs hätte sich meines Schlüssels bemächtigt, um ins Haus zu gelangen und unbemerkt die Tat zu begehen? Aber wie hätte das funktionieren sollen?«

Enno schaltete sich ein: »Wenn ein Komplize – oder eine Komplizin – Sie im Auge behielt, während die Waffe entwendet wurde, wäre es möglich. Der Dieb reicht später den Schlüssel an seinen Mittäter weiter, der Ihnen den Schlüssel wieder in die Tasche steckt. Das ist ein wenig aufwändig, aber machbar – vor allem, da Sie selbst zugegeben haben, nicht mehr ganz nüchtern gewesen zu sein.«

»Daran hatte ich noch gar nicht gedacht«, gab Metter zu, »aber jetzt, wo wir darüber sprechen, fällt mir eine junge Frau ein, die im *Pferdestall* an der Theke neben mir saß. Sie gefiel mir, und wir kamen ins Gespräch. Als ich von der Toilette zurückkehrte, war sie leider schon gegangen. – Oh, Gott! Glauben Sie, dass ich eine Mitschuld …«

Der Assistent unterbrach sich selbst. Mona betonte: »Noch wissen wir ja nicht, ob Ihr Schlüssel überhaupt eine Rolle bei dem Diebstahl und dem Mord gespielt hat. Wir müssen alle Möglichkeiten prüfen, das verstehen Sie doch sicher. – Wie sah diese junge Frau denn aus?«

»Sie trug ihr blondes Haar schulterlang. Vom Alter her würde ich sie auf Ende zwanzig schätzen. Ihre Haut war ebenmäßig gebräunt. An dem Abend war sie mit einem Jeans-Minirock und einem rot-weiß gestreiften ärmellosen Top bekleidet.«

»Dafür, dass Sie angeblich eine Alkohol-Schlagseite hatten, können Sie die Person sehr gut beschreiben«, stellte die Kommissarin trocken fest. Sie hatte die Angaben notiert, machte sich aber keine großen Hoffnungen, die Blonde finden zu können. Wenn Mona nach Einbruch der Dunkelheit durch die zentralen Lokale Borkums gezogen wäre, hätte sie mindestens zwei Dutzend Frauen getroffen, die so oder ähnlich aussahen.

»Sie hat mir eben gefallen, da habe ich einen genaueren Blick riskiert«, murmelte der Assistent. Er wirkte verlegen. Während Mona ihn befragte, hatte sie seine Aussage bereits in ihren PC getippt. Sie druckte das Protokoll nun aus und legte es ihm zur Unterschrift vor. Metter zögerte: »Ich weiß wirklich nicht, ob ich … es sieht ja nun so aus, als ob ich Johan Rudinga des Mordes bezichtigen würde …«

»Entscheidend ist, ob Sie die Worte wirklich so gehört haben, wie es dort geschrieben steht«, erklärte die Kriminalistin und tippte mit dem Zeigefinger auf das Papier. »Man könnte diese Schlussfolgerung aus dem Gesagten ziehen, aber es gibt auch andere Interpretationsmöglichkeiten – das *Unglück*, von dem Johan Rudinga gesprochen hat, könnten zum Beispiel auch Magenbeschwerden sein, die durch Claras Beziehung zu Lübbo bei ihrem Vater verursacht würden.«

Das würde zumindest ein cleverer Strafverteidiger behaupten, fügte sie in Gedanken hinzu. Metter seufzte und kritzelte schließlich seinen Namen auf das Aussageprotokoll.

»Ich hoffe wirklich, dass ich keine beruflichen Schwierigkeiten bekomme«, murmelte er. »Ich kann mir nicht vorstellen, dass Johan Rudinga ein Mörder ist.«

Mona gab ihm ihre Visitenkarte: »Sie können mich jederzeit anrufen, falls Ihnen noch etwas einfällt.«

Nachdem Metter die Polizeistation verlassen hatte, sagte sie: »Der Knabe scheint wirklich Fracksausen zu haben.«

»Ja, aber immerhin hat er unsere Ermittlungen vorangebracht. Ich werde Johan Rudinga für morgen Vormittag auf die Wache vorladen«, entschied Enno. Er griff zum Telefonhörer. Das war eine gute Idee, wie Mona fand. Tammo Rudinga hatte ja angekündigt, nur mit anwaltlichem Beistand mit der Polizei reden zu wollen. Durch den zeitlichen Abstand hatte er noch genügend Zeit, einen Strafverteidiger für seinen Sohn zu organisieren.

Bei ihrer bisher einzigen Begegnung mit Johan Rudinga hatte dieser Mann einen weichlichen Eindruck auf die Kommissarin gemacht. Er wirkte nicht so durchsetzungsstark wie der Patriarch. Aber vielleicht wollte er gerade deshalb seinem Vater beweisen, dass er ein würdiger Träger des Namens Rudinga war?

Bevor Mona diesen Gedanken weiter verfolgen konnte, klingelte ihr Telefon. Nicole Ruff war am Apparat.

»Ich habe tatsächlich den Namen Lübbo Fallena gefunden«, berichtete die Münsteraner Kommissarin, »er hat vor einem halben Jahr eine Studentin namens Felicitas Gruber wegen Nachstellung angezeigt.«

Die Ermittlerin horchte auf. »Das ist ja interessant, Nicole. Wie ging die Sache aus?«

»Es gab ein vom Gericht verhängtes Kontaktverbot. Ob es eingehalten wurde, weiß ich nicht. Fest steht, dass diese Felicitas Gruber ihr Studium abgebrochen hat. Sie ist auch nicht mehr in Münster gemeldet. Ich habe ihre Eltern angerufen, aber die kennen ihren Aufenthaltsort angeblich nicht. Die Frau scheint spurlos verschwunden zu sein. Ich fahre gleich zur Universität und spreche mit einigen Studenten, die Lübbo Fallena gekannt haben. Aber ich dachte mir, dass dich die Sache mit der Nachstellung gewiss interessiert.«

Mona erwiderte: »Damit liegst du richtig. Kannst du mir ein Foto dieser Felicitas Gruber zukommen lassen?«

»Ja, sie wurde zu der Beschuldigung befragt und bei der Gelegenheit erkennungsdienstlich behandelt. In der Akte steht, dass sie weit von sich gewiesen hat, eine Stalkerin zu sein. Doch es gab genügend Zeugen, die Lübbo Fallenas Version unterstützt haben. – Ich schicke dir das Bildmaterial gleich und melde mich nochmal, wenn ich mit den Studenten gesprochen habe.«

Kapitel 9

Enno bedachte Mona mit einem forschenden Blick, nachdem sie den Hörer aufgelegt hatte: »Du scheinst spannende Neuigkeiten erhalten zu haben.«

»Das kann man so sagen«, erwiderte sie und berichtete von dem kurzen Telefonat mit der Münsteraner Kollegin.

»Also könnte diese Stalkerin auch verdächtig sein – vorausgesetzt, sie war zur Tatzeit auf der Insel und wusste über die Liebesbeziehung zwischen Lübbo Fallena und Clara Rudinga Bescheid«, meinte der Ostfriese. Er fügte hinzu: »Aber wenn diese Frau an einem Liebeswahn leidet – wäre es dann nicht naheliegender, die Freundin ihres Angebeteten zu töten?«

»Auf den ersten Blick schon«, räumte die Kommissarin ein, »aber es könnte auch zur verqueren Logik einer solchen Person passen, dass sie denjenigen ersticht, den keine andere Frau bekommen soll. Außerdem wäre es in ihren Augen die höchstmögliche Strafe für Clara Rudinga, mit dem Verlust ihres Freundes fertigwerden zu müssen. – Wie hat eigentlich Johan Rudinga auf die Vorladung reagiert?«

Enno antwortete: »Er versicherte mir, dass er morgen in Begleitung eines Rechtsanwalts hier erscheinen würde und alle Fragen beantworten wolle. Seine Stimme klang geschäftsmäßig. Wahrscheinlich hat sein Vater ihn schon darauf vorbereitet, dass wir keine Ruhe geben werden.«

Während die Kriminalisten miteinander sprachen, traf die Mail aus Münster ein. Mona öffnete den Anhang und druckte die erkennungsdienstlichen Fotos von Felicitas Gruber aus. Die junge Frau mit den dunkelbraunen gelockten Haaren blickte mürrisch in die Kamera. Wenn sie freundlich geschaut hätte, wäre sie nach Ansicht der Kommissarin durchaus sympathisch erschienen. Vermutlich war sie nicht in der besten Stimmung gewesen, als sie von den Münsteraner Kollegen wegen der Nachstellung befragt worden war. Mona dachte laut nach: »Wir sollten die Zeit nutzen und Johan Rudinga genauer durchleuchten. Ich habe da so eine Idee. Und was die Studentin oder Ex-Studentin angeht, so sollten wir erst einmal prüfen, ob sie sich aktuell auf Borkum befindet.«

»Also steht ein Spaziergang zur Touristeninformation an?«, fragte der Oberkommissar.

Mona nickte. Sie tippte auf ihrer Computertastatur herum und führte einige Telefonate. Danach fühlte sie sich weitaus besser auf die anstehende Befragung von Clara Rudingas Vater vorbereitet. Ihr Kollege blieb währenddessen nicht untätig. Auch er hatte einen Anruf getätigt, von dessen Ergebnis er nun berichtete: »Johan Rudinga hat keine Strafakte, ein unbeschriebenes Blatt ist er allerdings nicht. Ich habe einen Kollegen in Wiesmoor angerufen, um mich auf dem kurzen Dienstweg über die Rudingas zu erkundigen. Es ist so, dass in den vergangenen zwölf Monaten die Polizei mehrfach zum Stammsitz der Rudingas gerufen wurde. Doch wenn sie dort eintrafen, fanden sie zerbrochenes Geschirr oder ein schief hängendes Gemälde vor. Allerdings war keine Person sichtbar verletzt, und niemand wollte eine Strafanzeige schreiben lassen. Also mussten die Kollegen unverrichteter Dinge wieder abziehen.«

»Und wer hat sie alarmiert?«, wollte Mona wissen.

»Es waren anonyme Anrufe von einer jungen Frauenstimme.«

»Diese Information passt zu einigen Dingen, die ich gerade in Erfahrung gebracht habe«, sagte Mona. Sie fuhr fort: »Johan Rudinga scheint ein Mann zu sein, der zu plötzlichen Wutausbrüchen neigt. Ich will ihm nicht unterstellen, dass er seine Tochter oder seine Frau schlägt. Aber es scheinen gelegentlich Gegenstände zu Bruch zu gehen, wie du gerade gesagt hast. Und wenn es um den Zeitraum von ungefähr einem Jahr geht – Clara und Lübbo haben sich im vorigen Sommer auf Borkum ineinander verliebt. Vielleicht wusste oder ahnte ihre Familie seitdem schon, was sich zwischen den jungen Leuten abspielt? Johan Rudinga verbietet seiner Tochter natürlich, mit einem Jüngling aus der Erzfeind-Familie anzubandeln. Als selbstbewusste Frau pfeift sie auf seine Anweisungen, es kommt zu verbalen Auseinandersetzungen. Mehrfach ruft Clara die Polizei, aber es passiert nicht genug, um ihrem Vater die Handschellen anzulegen. Dieser Konflikt schwelt jedenfalls weiter. Und als Johan Rudinga mitbekommt, dass die beiden einander immer noch treffen, brennen bei ihm die Sicherungen durch. Er lockt Lübbo unter einem Vorwand zum Strand …«

Enno fiel ihr ins Wort: »… und ersticht den jungen Mann ausgerechnet mit dem Zierdolch seiner Sippe? Ich finde deine Annahmen sehr schlüssig, Mona – bis auf diesen letzten Punkt.«

»Ich bin ja selbst nicht damit zufrieden«, gab sie zu, »wobei mir die Denkweise dieser Abkömmlinge von Häuptlingsfamilien völlig fremd ist. Vielleicht soll es ja für einen Fallena eine besonders große Schmach sein, wenn er durch eine Rudinga-Waffe ins Jenseits befördert wird.«

»Oder Johan Rudinga hat bewusst diesen Dolch gewählt, damit uns ein tüchtiger Rechtsanwalt mit der Nase darauf stoßen kann, dass der wahre Mörder eine falsche Spur legen wollte«, überlegte die Kommissarin. Sie fügte hinzu: »Und das könnte wirklich so sein, falls nämlich Felicitas Gruber die Täterin ist!«

»Nun haben wir plötzlich zwei Mordverdächtige«, stellte der Ostfriese fest. »Woher hätte die Studentin von dem uralten Familienstreit wissen sollen?«

»Wenn sie wirklich so besessen von Lübbo Fallena ist, dann wird sie alles über ihn und seinen Hintergrund herausgefunden haben«, antwortete Mona, »und dann wäre sie früher oder später auch auf diese Geschichten gestoßen. – Komm jetzt, etwas Bewegung wird uns guttun.«

Die beiden verließen die Wache und gingen zur Touristeninformation hinüber. Dieses Büro befand sich in einem kleinen Pavillon am Georg-Schütte-Platz, direkt gegenüber vom Inselbahnhof. Die Beherbergungsbetriebe mussten ihre Übernachtungsgäste melden und von ihnen den Gästebeitrag einziehen. Daher konnte man hier stets erfahren, welche Urlauber sich momentan auf Borkum befanden. Die Kommissare kamen öfter für eine Auskunft hierher, doch diesmal hatten sie kein Glück: Laut Datenbank gab es aktuell keine Touristin namens Felicitas Gruber auf der Insel.

»Wobei es natürlich möglich wäre, dass die Verdächtige einen falschen Namen benutzt, als Tagesgast angereist ist oder sich hier ohne eine offizielle Unterkunft aufhält«, meinte Enno, nachdem die Ermittler sich bedankt und das Gebäude wieder verlassen hatten.

»Dann sollten wir uns jetzt ganz auf klassische Polizeiarbeit beschränken, ohne Internetrecherche und Datenabgleich«, sagte Mona, »denn wir haben ja immerhin die erkennungsdienstlichen Fotos!«

»Die Bilder willst du jetzt aber nicht jedem Passanten, der uns entgegenkommt, unter die Nase halten, oder?«

»Hast du eine bessere Idee?«, fragte sie.

»Ich bin nicht gegen eine Suche nach Zeugen«, stellte der Ostfriese klar, »ich finde nur, dass wir unsere Suche etwas eingrenzen sollten. Dafür müssen wir aber noch kurz zur Dienststelle zurück.«

Als die Kommissare wieder auf der Wache waren, begann Enno in den Berichten der Nachtschicht zu suchen. Nun begriff Mona, worauf er hinauswollte: »Ah, du denkst an die Jugendlichen, denen Britt Platzverweise erteilt hat. Sie wird auch ihre Namen notiert haben. – Glaubst du, dass sie etwas bemerkt haben könnten? Die Gruppe soll ja ziemlich alkoholisiert gewesen sein.«

»Einen Versuch ist es wert«, meinte der Oberkommissar, »die Party hat ja nicht weit vom Tatort stattgefunden.«

Mona ärgerte sich ein wenig, dass sie nicht selbst auf diesen Gedanken gekommen war. Es stimmte natürlich – beliebige Menschen auf der Straße nach Felicitas Gruber zu fragen glich einer Suche nach der sprichwörtlichen Nadel im Heuhaufen. Eine solche Maßnahme wäre vielleicht auf Baltrum – der kleinsten ostfriesischen Insel – erfolgreich gewesen, aber nicht auf dem relativ großen Eiland Borkum. Nachdem Enno die Namen der nächtlichen Strandfans notiert hatte, kehrten er und seine Kollegin noch einmal zur Touristeninformation zurück. Diesmal bekamen sie eine positive Auskunft: Alle fünf Personen hatten gemeinsam eine Ferienunterkunft in der Reedestraße gemietet.

»Das Haus kenne ich«, brummte Enno. »Der Eigentümer heißt Heiner Bolt. Er gehört zu den Ferienhausbesitzern, die auch an Jugendgruppen vermieten.«

Die Kommissare fuhren sofort zur Reedestraße. Das Ferienhaus stand im vorderen Bereich der langgestreckten Straße, die am Fährhafen endete. Doch von dort, wo sich die Clique eingemietet hatte, war es zu Fuß nicht allzu weit bis zum Südstrand. Enno läutete an der Tür, doch das Rotklinker-Friesenhaus schien verwaist zu sein. Der Oberkommissar bemerkte einen Nachbarn, der sich mit seinem mechanischen Rasenmäher abmühte: »Moin, Alfred! Hast du gesehen, wo die jungen Leute, die hier wohnen, abgeblieben sind?«

»Moin, Enno! Ja, die sind vor einiger Zeit abgehauen. Sie hatten Bier und Decken dabei, die werden wohl zum Strand runter sein.«

Die Kommissare bedankten sich für die Information und machten sich auf den Weg. Enno fand wenig später einen Parkplatz an der Süderstraße. Die beiden stiegen unweit von der *Heimlichen Liebe* zum Strand hinunter. Mona schaute sich um. Im September befanden sich nicht mehr so viele Urlauber am Meeresrand wie in der sommerlichen Hochsaison, doch auch jetzt genossen zahlreiche Touristen das Geräusch der Brandung, das Kreischen der Möwen und die salzige Luft. Die meisten Spaziergänger oder Jogger waren allein oder zu zweit unterwegs. Es gab auch einige Kitesurfer, die mit ihren Brettern die Wellen ritten. Die Kriminalistin konzentrierte sich auf eine mehrköpfige Gruppe. Und tatsächlich dauerte es nicht lange, bis sie und Enno einige junge Leute entdeckten. Das Quintett hockte ein Stück weit vom Spülsaum der Nordsee entfernt auf seinen Stranddecken. Leise Musik drang aus dem Lautsprecher eines Smartphones. Die Jugendlichen lachten, plauderten miteinander und tranken Bier. Sie beachteten die Ermittler erst, als diese unmittelbar neben ihnen standen.

»Prost!«, sagte Mona. »Immerhin fallen uns bei eurem Sound nicht mehr die Ohren ab. Also hat die Ermahnung unserer Kollegin doch etwas gefruchtet.«

Mit diesen Worten präsentierte sie ihren Dienstausweis.

»Darf man hier nicht mal mehr ein paar Biere zischen, ohne gleich von den Bullen angemacht zu werden?«, fragte ein junger Mann, dessen Frisur die Kommissarin an einen Wischmopp erinnerte. Sein Tonfall war aufsässig. Mona hätte ihm am liebsten eine passende Antwort gegeben, aber sie brauchte schließlich Informationen von diesen Leuten. Wenn sie auf Konfrontationskurs ging, würde das Partyvolk garantiert auf stur schalten. Also schenkte sie ihm ein Lächeln und sagte: »Wir sind nicht als Spaßbremsen hier, und solange ihr euren Müll nachher wieder mitnehmt, werdet ihr keinen Stress kriegen. Heute wollen wir euch um eure Hilfe bitten.«

»Verschaukeln kann ich mich auch allein«, maulte ›Wischmopp‹. Doch Mona schien bei dem neben ihm hockenden blonden Mädchen die Neugier geweckt zu haben.

»Worum geht es denn?«, fragte sie.

Die Kommissarin stellte eine Gegenfrage: »Habt ihr mitbekommen, dass sich vorige Nacht hier in der Nähe ein Verbrechen ereignet hat?«

»Seht ihr?«, triumphierte der junge Mann. »Die wollen uns etwas anhängen, das ist doch wohl klar!«

Nun meldete sich Enno zu Wort: »Da irrst du dich. Wenn wir euch in Verdacht hätten, würden wir euch zur Befragung mit auf die Wache nehmen. Wir gehen davon aus, dass ihr bei der Aufklärung des Mordes helfen wollt.«

Die ruhige Art des Oberkommissars schien bei den Jugendlichen anzukommen. Sie horchten auf.

»Wer ist denn umgebracht worden?«, fragte die Blonde.

»Ein Student namens Lübbo Fallena«, antwortete Mona. »Er wurde hier ganz in der Nähe gefunden. Habt ihr ihn am Abend oder in der Nacht gesehen?«

Sie hatte mit ihrem Smartphone einige Aufnahmen vom Gesicht des Toten gemacht. Diese zeigte sie nun der Gruppe. Es war plötzlich sehr still, denn jemand hatte die musikalische Untermalung ausgeschaltet. Sie alle schwiegen. Die einzigen Geräusche kamen von den Möwen am Himmel und von den Wellen, die sich ein Stück weit entfernt am Strand brachen.

»Das ist ja furchtbar«, brachte das Mädchen hervor. Ihre Stimme klang nun ganz hell wie die eines kleinen Kindes. Sie fügte hinzu: »Wir waren gestern ziemlich gut drauf, haben gefeiert. Wenn ich mir vorstelle, dass er in der Nähe umgebracht wurde …«

Sie beendete den Satz nicht. Der Jugendliche mit der seltsamen Frisur legte den Arm um ihre Schultern und erklärte: »Es stimmt, wir haben ziemlich heftig gebechert. Natürlich sind einige Leute am Strand an uns vorbeigegangen, aber es war ja stockfinster. Ich könnte niemanden wiedererkennen, der nachts dort gewesen ist.«

Das wäre ja auch zu schön gewesen, dachte die Kommissarin. Sie holte nun die erkennungsdienstlichen Bilder von Felicitas Gruber hervor und erklärte: »Wir suchen nach dieser Frau. Seid ihr der Person gestern oder in den letzten Tagen begegnet?«

Die Fotos wurden weitergereicht. Ein Jugendlicher nach dem anderen schüttelte bedauernd den Kopf, doch die Blonde erschrak sichtlich: »Ich erinnere mich an sie! Als wir nachts zum Ferienhaus zurückgehen wollten, kam sie mir entgegen. Und sie hatte Blut an der Hand!«

Kapitel 10

Einen Moment lang rätselte Mona darüber, ob die Zeugin sich nur wichtig machen wollte. Allerdings hatte die Kommissarin nicht erwähnt, auf welche Weise das Opfer ums Leben gekommen war. Bei einem Tod durch Vergiftung oder durch Strangulation wäre kein Blut ausgetreten. Dennoch, ein Zweifel blieb. Einer ihrer Freunde schien dem Mädchen jedenfalls nicht zu glauben. Der Junge neben ihr fragte: »Warum hast du denn nicht sofort etwas gesagt?«

»Woher hätte ich denn wissen sollen, dass sie eine Mörderin ist?«, lautete die Gegenfrage der Blonden. Sie erklärte: »Ich dachte, die Frau hätte vielleicht Nasenbluten. So wie mein Bruder, der sich öfter damit plagt. Wenn er so einen Anfall hat und das rote Zeug aus seinem Riechkolben strömt, dann sieht es ziemlich gruselig aus.«

»Ich habe die Frau auch bemerkt, aber nur von hinten gesehen«, meinte der junge Mann.

Mona betonte: »Noch steht nicht fest, ob die Person etwas mit dem Mord zu tun hat.«

»Aber Sie suchen doch nach ihr!«, sagte das Mädchen.

»Zunächst möchten wir nur mit ihr sprechen«, stellte die Kommissarin klar. »Weißt du noch, in welche Richtung die Frau verschwunden ist?«

Das Mädchen erwiderte: »Es tut mir leid, da muss ich passen. Wir waren betrunken, es war Nacht und …«

»Schon gut, das verstehe ich«, sagte Mona. »Kannst du dich noch an die Uhrzeit erinnern?«

»Das muss so gegen Mitternacht gewesen sein, vielleicht etwas früher oder später. Wir hatten kein Bier mehr, und es wurde allmählich kalt. Da sind wir zum Ferienhaus zurückgegangen.«

Felicitas Gruber ist also auf Borkum, dachte die Ermittlerin. Monas Skepsis war verschwunden, als sie das Gesicht der Zeugin genauer betrachtete. Das Mädchen war sehr blass geworden, die Hände zitterten leicht. Diese Reaktion konnte man nicht schauspielern, das wusste die Kommissarin aus Erfahrung. Außerdem stimmte der Zeitablauf. Wenn Lübbo Fallena laut Dr. Siemers zwischen Mitternacht und drei Uhr früh getötet worden war, dann hatten die Jugendlichen wahrscheinlich wirklich die Täterin auf der Promenade gesehen. Würde sich die Mörderin überhaupt noch auf der Insel befinden? Seit dem frühen Morgen hatte es mehrere Gelegenheiten gegeben,

Borkum zu verlassen – ob nun per Fähre, Katamaran oder Inselflieger. Mona hatte schon längst ihren Notizblock hervorgezogen. Sie wandte sich an die Blonde: »Verrätst du mir bitte deinen Namen? Meine Kollegin hat Platzverweise für zwei Frauen ausgesprochen, Lisa Fuhrmann und …«

»Ich bin Lisa Fuhrmann.«

»Wir brauchen deine Aussage in schriftlicher Form. Könntest du uns bitte zur Polizeistation begleiten? – Das gilt natürlich auch für alle anderen, die sich an die Frau auf dem erkennungsdienstlichen Foto erinnern können.«

Außer dem Jungen, der die Person ja nur von hinten gesehen hatte, meldete sich niemand. Dies fand die Kommissarin durchaus glaubhaft. Sie führte sich die Situation vor Augen: Die alkoholisierte Rasselbande war vom in der Dunkelheit liegenden Strand auf die beleuchtete Promenade zurückgekehrt, um Richtung Ferienhaus zu wanken. Dabei war ihnen eine Person begegnet, die sich vermutlich sehr schnell entfernt hatte. Es kam Mona wahrscheinlich vor, dass nur Lisa und ihr Freund mit der Wischmoppfrisur Felicitas Gruber überhaupt bemerkt hatten.

Lisa Fuhrmann erhob sich von der Stranddecke. Keiner der Anwesenden machte einen dummen Witz darüber, dass sie jetzt verhaftet sei. Die jungen Leute schwiegen, als sich die Kommissare mit ihrer Freundin entfernten. Keiner von ihnen griff zum Bier, der Durst war ihnen offenbar vergangen.

»Ich habe Angst!«, gestand das Mädchen, als sie wenig später im Dienstwagen saßen. »Wenn ich gegen diese Frau aussage und sie mich wiedererkennt …«

»Das kann ich verstehen, aber du tust das Richtige«, betonte Mona. »Wir werden dafür sorgen, dass sie dir nichts tun kann.«

Die Kommissarin saß neben Lisa Fuhrmann auf der Rückbank, während Enno das Auto fuhr. Die Blonde wirkte nicht besonders überzeugt. Doch immerhin weigerte sie sich nicht, ihre Aussage zu machen und das Protokoll zu unterschreiben.

»Ich kann dich zum Strand zurückfahren«, bot der Oberkommissar an.

»Danke, das ist sehr nett von Ihnen«, murmelte das Mädchen.

Während Enno für sie den Chauffeur spielte, ging Mona mit der unterschriebenen Aussage zu Oltbeck. Sie berichtete von den Nachstellungen durch Felicitas Gruber sowie der vorgesehenen

Befragung von Johan Rudinga. Die Miene des Chefs hellte sich auf – vor allem, weil nun die Möglichkeit bestand, dass die Täterin nicht zu einem alteingesessenen Häuptlingsgeschlecht gehörte: »Das sind ja wirklich gute Nachrichten, Frau Sander! Ich werde sofort die erkennungsdienstlichen Fotos der Verdächtigen an alle Kollegen im Einsatz aushändigen. Außerdem sollten wir damit rechnen, dass sie Borkum schon verlassen hat. Daher werde ich die Fahndung ausweiten lassen. Wahrscheinlich ist es gar nicht mehr nötig, Johan Rudinga zu behelligen.«

Mona lag die Bemerkung auf der Zunge, dass Claras Vater nach wie vor verdächtig war. Doch sie wollte es sich mit ihrem Vorgesetzten nicht gleich wieder verderben. Also entschloss sie sich ausnahmsweise zu einem diplomatischen Vorstoß: »Es könnte trotzdem sinnvoll sein, mit Rudinga junior zu sprechen, und zwar als einem möglichen Zeugen. Vielleicht hat er ja Felicitas Gruber gesehen. Sie muss die Familie ausspioniert haben, um den Dolch stehlen und den Verdacht auf die Rudingas lenken zu können.«

Oltbeck nickte beifällig: »Ja, das ist sehr umsichtig von Ihnen. Wir dürfen diese Frau auf keinen Fall unterschätzen. Gerade der Diebstahl des Dolchs ist ja ein Hinweis auf ein heimtückisches Vorgehen mit der Absicht, Unschuldige ins Unglück zu stürzen.«

Mona war es nicht gewohnt, von ihrem Dienststellenleiter gelobt zu werden. Sie kündigte an, sich umgehend an der Fahndung beteiligen zu wollen. Das war ihr wirklich wichtig. Ihr Jagdinstinkt brachte sie dazu, sich auf die Fährte der Verdächtigen setzen zu wollen. Sie überlegte, was sie anstelle von Felicitas Gruber getan hätte. Es wäre natürlich am besten gewesen, die Insel schon mit der Frühfähre zu verlassen. Aber wenn dies nun aus irgendwelchen Gründen nicht möglich gewesen wäre? Dann musste die Täterin sich auf Borkum verkriechen. Und wo? Es gab leerstehende Ferienhäuser, in die man einbrechen konnte. Sie setzte sich an ihren Schreibtisch und blätterte nachdenklich in ihrem Notizbuch. Nach einer Weile kehrte Enno zurück.

»Ich konnte die junge Dame ein wenig beruhigen«, sagte er und fügte hinzu: »Was geht dir durch den Kopf?«

Mona berichtete von ihrem Gespräch mit Oltbeck und fragte: »Wer würde auf Borkum eine Urlauberin beherbergen, ohne offiziell ins Gastgeberverzeichnis aufgenommen zu werden?«

Der Ostfriese grinste und antwortete: »Oh, da gibt es so einige Kandidaten. Die alte Rieken beispielsweise, oder Nähter … der hat auch immer wieder Ärger mit dem Finanzamt wegen seiner unerklärlichen Einnahmen …«

»Lass uns den Leuten auf die Bude rücken«, schlug Mona vor. »Wenn sie etwas zu verbergen haben, werden wir das schnell merken. Felicitas Gruber kann nicht ahnen, dass wir ihr auf den Fersen sind. Diesen Vorteil müssen wir ausnutzen.«

»Du hast mich schon überredet«, erwiderte ihr Kollege. Wieder einmal erwies es sich als unschätzbarer Vorteil, dass er sich so gut auf der Insel auskannte. Sie begannen mit ihrer Suche bei der Witwe Elsa Rieken, die in der Straße Am langen Wasser wohnte.

»Was wollt ihr von mir?«, rief sie anklagend, kaum dass sie den Ermittlern die Tür geöffnet hatte. Sie erkannte offenbar sofort, mit wem sie es zu tun hatte. Sie beteuerte: »Ich bin eine alte Frau, die sich nie etwas hat zuschulden kommen lassen!«

»Dass der Kerl, den du vor ein paar Jahren beherbergt hast, ein Serieneinbrecher war, konntest du natürlich nicht wissen«, sagte Enno lächelnd, »und wir haben dir nie nachweisen können, dass er mit dir halbe-halbe gemacht hat. – Wie auch immer, wir würden gern einen Blick in dein Fremdenzimmer werfen.«

»Ich habe kein *Fremdenzimmer*!«, stellte die Witwe klar. »Das ist jetzt meine Nähkammer. – Aber tretet ruhig näher, ich bin eine ehrliche Haut und habe noch niemals in meinem Leben gegen Gesetze verstoßen.«

Mona fand es immer besonders verdächtig, wenn eine Person ihre Treue zu Recht und Ordnung so sehr betonte. Die Kommissarin ging eigentlich davon aus, dass sich alle Menschen an die Spielregeln hielten, was leider nicht zutraf. Immerhin zeigte sich Frau Rieken kooperativ. Sie führte die Ermittler in einen Raum, in dem sich in einer Ecke tatsächlich eine Nähmaschine befand. Mona schaute sich um und sagte: »Nicht übel. Mit drei Handgriffen lässt sich hier ein Feldbett aufstellen. Und die Abdeckung der Nähmaschine hat schon Staub angesetzt.«

»Ich nähe momentan nicht so oft«, keifte die Witwe. »Ist das neuerdings ein Verbrechen?«

»Nein, gewiss nicht«, stellte Enno klar und schaute der Frau tief in die Augen. »Aber wir suchen diese Verdächtige, die vielleicht einen Mord begangen hat. Falls du sie kennst, hast du jetzt die Chance, uns zu helfen. Wenn wir herausfinden, dass du ihr Unterschlupf gewährt hast, musst du mit einem Strafverfahren wegen Beihilfe rechnen.«

Der Oberkommissar war ein gemütlicher Mensch, aber er konnte sehr nachdrücklich werden – so wie in diesem Moment, als er ihr die erkennungsdienstlichen Fotos von Felicitas Gruber zeigte. Seine Worte gingen an Elsa Rieken offensichtlich nicht spurlos vorüber. Ihre Stimme klang belegt, als sie wieder den Mund öffnete: »Ich habe bei dieser Frau ein mieses Gefühl gehabt. Sie war bei mir, aber ich wollte sie nicht bei mir schlafen lassen. Das müsst ihr mir glauben. Nach der Sache mit dem Einbrecher bin ich kuriert. Ich höre jetzt nur noch auf mein Bauchgefühl. Sie erschien hier vor drei Tagen. Ich behauptete, dass mein Zimmer schon belegt sei. Ich weiß nicht, ob sie mir glaubte. Jedenfalls schickte ich sie zu Joost Clüver, um sie loszuwerden.«

»Clüver, das ist auch so eine verkrachte Existenz.«

»Wie bitte, Enno?!«

»Nichts, Elsa. Ich habe nur laut gedacht. – Woher wissen diese Leute eigentlich, dass ihr vermietet?«

»So etwas läuft über Mundpropaganda«, behauptete die Witwe. »Und ich vermiete nicht, ich habe doch gar keine Lizenz.«

»Das ist ein guter Witz«, kommentierte Mona trocken.

Frau Rieken warf ihr einen gereizten Blick zu. Die Ermittler verabschiedeten sich.

»Wer ist denn dieser Joost Clüver?«, wollte die Kommissarin wissen.

»Ein pleitegegangener Bootsverleiher, der ein paar schwarz verdiente Euros gut gebrauchen kann«, erklärte Enno. »Sein geerbtes Haus steht an der Richthofenstraße.«

»Vom Strand bis dorthin ist es ein gutes Stück Weg«, dachte Mona laut nach.

»Ja, aber wenn Felicitas Gruber wirklich die Mörderin ist, wird sie die Strecke zurückgelegt haben, als ob alle Teufel der Hölle hinter ihr her wären.«

»Manchmal kannst du dich wirklich sehr bildhaft ausdrücken«, neckte sie Enno. Mit diesem Scherz wollte Mona ihre Aufregung überspielen, denn sie waren offenbar auf der richtigen Spur. Warum hätte die Witwe lügen sollen? Sie konnte sich denken, dass die Polizisten ihre Angaben überprüfen würden. Mona spürte, wie ihre

Anspannung stieg, während Enno den Dienstwagen auf der Hindenburgstraße zur Richthofenstraße lenkte. Wie würde die Mordverdächtige auf das Erscheinen der Polizei reagieren – vorausgesetzt, dass sie überhaupt bei Clüver hauste? Dies stand ja bisher keineswegs fest. Hatte sie noch andere Waffen, die sie gegen die Kommissarin und ihren Kollegen einsetzen konnte? Sicher, den Dolch hatte sie am Tatort zurückgelassen – aber offenbar nur, um den Verdacht auf Claras Familie zu lenken. Mona wusste, dass ein zu allem entschlossener Täter die unterschiedlichsten Alltagsgegenstände für eine Attacke missbrauchen konnte. Sie selbst war schon mit einem Glasaschenbecher, einer Ahle, einem Bügeleisen und diversen anderen eigentlich harmlosen Dingen angegriffen worden. Während ihr diese Überlegungen durch den Kopf spukten, hatten sie bereits ihr Ziel erreicht. Die Richthofenstraße lag in einer ruhigen Wohngegend, wo größtenteils Einheimische lebten. Aber natürlich gab es auch einige Frühstückspensionen und Ferienhäuser, wie fast überall auf Borkum.

»Wie gut kennst du Joost Clüver?«, fragte sie Enno, nachdem er geparkt hatte.

»Gut genug, um zu wissen, dass er ein Feigling ist«, gab der Ostfriese trocken zurück. »Er wird uns bei der Verhaftung dieser Dame nicht in den Rücken fallen.«

»Und wenn Clüver nicht mehr lebt?«, gab die Kommissarin flüsternd zu bedenken. Sie erläuterte ihre Überlegung: »Es wäre doch möglich, dass nicht nur Lisa Fuhrmann das Blut an den Händen der Verdächtigen bemerkt hat. Angenommen, Clüver sieht es und bekommt Panik. Bevor er zum Telefon greifen kann, tötet Felicitas Gruber ihn ebenfalls. Sie kann keine lästigen Zeugen gebrauchen.«

Der Oberkommissar nickte bedächtig und erwiderte: »Ja, so könnte es sich abgespielt haben. Aber wäre die Täterin wirklich so wahnsinnig, nach einem zweiten Mord im Haus zu bleiben? Clüver ist ein großer schwerer Mann. Sie könnte noch nicht einmal die Leiche beseitigen, jedenfalls nicht ohne Hilfe. Und mit einem Toten unter einem Dach zu bleiben, ist wohl nur etwas für abgebrühte Berufskiller. – Falls deine Befürchtung zutrifft, ist sie ganz gewiss schon nicht mehr auf der Insel.«

Während ihres kurzen Wortwechsels hatten sich die beiden dem Haus genähert. Es unterschied sich auf den ersten Blick nicht von den benachbarten Gebäuden – abgesehen davon, dass es nicht so gepflegt und adrett wirkte wie die anderen Friesenhäuser mit ihren roten Backsteinen und weiß gestrichenen Fensterläden sowie den Heckenrosen an den Fassaden.

Mona legte ihre Hand auf den Griff ihrer Pistole, die sie in einem Clipholster am Gürtel trug. Sie wollte nicht gleich mit der Waffe fuchteln wie in einem amerikanischen Fernsehkrimi, aber sie war auf alles vorbereitet. Enno drückte auf den Klingelknopf. Das Geräusch der Schelle war so durchdringend, als ob jemand einen Drillbohrer am Kopf der Kommissarin angesetzt hätte; jedenfalls kam es ihr so vor.

Laute Schritte ertönten, die Bodendielen knarrten. Gleich darauf wurde zögerlich die Tür geöffnet. Allmählich setzte auf Borkum die Dämmerung ein, daher ließen die Lichtverhältnisse zu wünschen übrig. Dennoch bemerkte Mona zu ihrer Erleichterung, dass nicht Felicitas Gruber, sondern ein glatzköpfiger Kerl vor ihnen stand. Bekleidet war er mit einer zerschlissenen Jogginghose und einem Troyer. Der Mann kam ihr bekannt vor. Sie hatte ihm im Laufe der Jahre immer mal wieder im Ort gesehen, ohne seinen Namen zu wissen.

»Moin, Enno«, stammelte Clüver. »Das ist ja eine Überraschung.«

»Moin, Joost. Wir haben uns lange nicht mehr gesehen, das stimmt. – Diese Dame ist übrigens meine Kollegin Kommissarin Sander.«

Clüver nickte Mona zu. Es war offensichtlich, dass die Ermittler ihn durch ihr Erscheinen äußerst beunruhigten.

»Hast du gerade Besuch?«

Der Oberkommissar stellte dem Hausherrn diese Frage im normalen Tonfall. Er hörte sich weder streng noch wütend oder gar höhnisch an, wie Mona fand. Und doch wurde Clüver nervös. Sein linker Mundwinkel begann zu zucken, außerdem konnte er Enno nicht in die Augen sehen.

»Wie kommst du denn darauf?«, fragte Clüver mit belegter Stimme.

Der Oberkommissar stellte klar: »Nenn es meinetwegen Bauchgefühl oder Intuition, falls dir Fremdwörter lieber sind. Es gibt jetzt exakt zwei Möglichkeiten: Entweder kooperierst du mit uns, wodurch du dir viel Ärger ersparen kannst. Oder du stellst dich stur und deckst eine mutmaßliche Mörderin. Du kannst dir vorstellen, was dann mit dir passiert. Nichts Gutes, das kann ich dir versichern.«

»Mörderin?«, echote Clüver. Er klang verängstigt. In diesem Moment ging Mona fest davon aus, dass sie und ihr Kollege an der richtigen Adresse waren. Clüver wusste offenbar genau, von welcher Frau die Rede war. Enno baute dem illegalen Vermieter eine goldene Brücke: »Du hast bestimmt nicht gewusst, worauf du dich einlässt. Jetzt bekommst du die Chance, tätige Reue zu zeigen.«

Clüver seufzte und trat zur Seite, um die Polizisten in sein Haus zu lassen.

»Ich hatte bei der Kleinen von Anfang an meine Bedenken«, behauptete er flüsternd, »aber sie tat mir leid, deshalb habe ich ihr ausnahmsweise ein Zimmer vermietet.«

»Ja, Sie sind eine ehrliche Haut mit dem Herzen auf dem rechten Fleck«, spottete die Kommissarin. Sie fragte: »Ist die Dame anwesend?«

»Das nehme ich an. Als ich an ihrem Zimmer vorbeigegangen bin, hat sie geschnarcht.«

»Und wann war das?«, hakte Mona nach.

»Am späten Nachmittag.«

»Und um welche Uhrzeit hast du deinen Gast zum letzten Mal gesehen?«, wollte Enno wissen.

»Gestern Abend, gegen 19 Uhr. Da hat sie das Haus verlassen.«

Um Lübbo Fallena aufzulauern und ihn zu töten?, dachte Mona. Um das Verbrechen mit dem Zierdolch begehen zu können, hätte Felicitas Gruber diesen allerdings zuvor stehlen müssen. Aber über diese und andere Detailfragen konnte man sich später den Kopf zerbrechen.

»Zeig uns das Zimmer«, forderte Enno.

Clüver ging zögernd auf der schmalen steilen Treppe voran. Im Inneren des Hauses war die Beleuchtung schlecht, denn die wenigen Glühbirnen an der Flurdecke konnten mit ihrer bescheidenen Helligkeit die Finsternis kaum zurückdrängen. Es roch nach Staub, die Tapete war teilweise abgeblättert. Mona hätte es in dieser tristen Umgebung keine Nacht ausgehalten. Der Vermieter blieb vor einer schmalen Holztür stehen. Er wirkte unentschlossen.

»Öffnen Sie – oder brauchen Sie eine Extraeinladung?«

Diese Bemerkung kam natürlich von der Kommissarin. Sie horchte, aber in dem Raum tat sich nichts. Wollte Clüver die Ermittler vielleicht an der Nase herumführen, um Zeit zu gewinnen? Er zog nun jedenfalls einen Schlüsselbund hervor und sperrte die Tür auf.

Mona schob ihn zur Seite und betrat als Erste das Zimmer. Sie hatte sicherheitshalber ihre Dienstwaffe gezogen. Verbrauchte Luft schlug ihr entgegen, außerdem starke Alkohol-Ausdünstungen. Diese Erkenntnis war eigentlich positiv. Wenn die Verdächtige sich mithilfe von Spirituosen selbst ins Abseits geschossen hatte, war nicht viel Widerstand zu erwarten. In dem Gästezimmer herrschte absolute Dunkelheit, denn Felicitas Gruber hatte offenbar die Fensterläden geschlossen und die Vorhänge zugezogen. Die Kommissarin tastete mit ihrer freien linken Hand nach dem Lichtschalter. Dieser befand sich an der Wand neben der Tür, wie sie vermutet hatte. Die Deckenlampe flammte auf.

Eine Frau lag auf dem Bett, nur mit einem Slip und T-Shirt bekleidet. Das Laken unter ihr war zerwühlt, die Bettdecke befand sich auf dem Fußboden. Dort entdeckte die Kommissarin auch eine leere Wodkaflasche sowie einige Bierdosen. Mona trat näher und musterte das Gesicht der auf der Seite liegenden »Schnapsleiche«. Es handelte sich zweifellos um Felicitas Gruber, die mit halb offenem Mund tief und fest schlief. Sie hatte dunkle Ränder unter den Augen, auch ihr Teint wirkte nicht gerade frisch und gesund. Das war angesichts ihres Alkoholkonsums allerdings auch kein Wunder. Immerhin lebte sie – man konnte deutlich sehen, wie sich ihre Brust hob und senkte. Die Nasenflügel flatterten ein wenig.

»Wenn sie sich dermaßen die Kante gegeben hat, sollten wir mit einer Alkoholvergiftung rechnen«, gab Enno zu bedenken, der inzwischen ebenfalls den spartanisch eingerichteten Raum betreten hatte.

Außer einem windschiefen Kleiderschrank und dem Feldbett gab es nur noch einen Hocker. Das Zimmer war nicht komfortabler als die Arrestzelle in der Polizeistation, wie Mona fand. Ihr Kollege hatte mit seiner Bemerkung natürlich recht. Sie rüttelte die Schlafende mehr oder weniger sanft an der Schulter: »Frau Gruber? Wachen Sie auf!«

Zunächst reagierte die Verdächtige nicht. Aber nachdem die Kommissarin einfach immer weitermachte, lallte sie: »Lass mich in Ruhe, Jasmin!«

»Ich heiße Mona, und ich bin von der Polizei. Verstehen Sie mich überhaupt?«

»Schlafen«, nuschelte Felicitas Gruber und war schon wieder weggetreten.

Es stand fest, dass sie medizinisch untersucht werden musste. Einen Atemalkoholtest konnte man in ihrem Zustand wohl vergessen. Enno rief bereits im Krankenhaus an, um einen Notarzt anzufordern. An der offen stehenden Tür verharrte Clüver. Er ließ seine halbnackte Mieterin nicht aus den Augen. Mona wandte sich ihm zu und fauchte: »Wollen Sie sich jetzt auch noch als Spanner betätigen? Gehen Sie lieber wieder nach unten, es kommt gleich ein Doktor, um die Frau zu untersuchen!«

Das ließ sich Clüver nicht zweimal sagen. Er nutzte die Chance, nicht mehr in unmittelbarer Reichweite der scharfzüngigen Kommissarin zu sein. Polternd eilte er die Treppe hinab.

»Was für ein Ekelpaket«, sagte Mona, indem sie mit einer Kopfbewegung Richtung Tür deutete.

»Immerhin haben wir die Verdächtige gefunden«, stellte der Ostfriese fest, »aber bis wir sie vernehmen können, wird es noch dauern. – Sie muss sich die Hände gewaschen haben, Blut ist jedenfalls keines mehr zu sehen.«

Dies hatte seine Kollegin natürlich auch schon bemerkt. Ob Lisa Fuhrmann sich in der Dunkelheit getäuscht hatte? Darüber konnte man jetzt nur spekulieren, und das brachte nichts.

Wenig später klingelte es an der Haustür. Im Erdgeschoss waren Stimmen zu vernehmen, und gleich darauf kam Dr. Siemers die Treppe hoch. Enno begrüßte ihn und informierte den jungen glatzköpfigen Arzt über die Lage.

»Es kommt ja nicht allzu oft vor, dass Sie mich zu einer lebenden Person rufen«, sagte der Mediziner, »wobei diese Dame definitiv über den Durst getrunken hat.«

So schlau bin ich auch, dachte Mona. Aber sie behielt die Bemerkung für sich. Warum hätte sie Dr. Siemers gegen sich aufbringen sollen? Er nahm Felicitas Gruber etwas Blut ab und begann mit seinen Untersuchungen. Dann wandte er sich an die Kommissare: »Die Patientin ist völlig dehydriert. Ich würde sie gern für eine Nacht stationär aufnehmen und ihr eine Infusion legen lassen.«

Kapitel 11

Mona zog der Mordverdächtigen höchstpersönlich eine Hose an, was gar nicht so einfach war. Mit vereinten Kräften gelang es ihr, Enno und dem Arzt, die Sturzbetrunkene ohne Zwischenfälle die Treppe hinabzuschaffen. Dr. Siemers war ohne Sanitäter angerückt. Sie fuhren mit seinem Auto sowie dem Dienstwagen zum Hospital in der Gartenstraße.

»Ich werde hier warten, falls die Schnapsdrossel auf dumme Gedanken kommt«, entschied die Kommissarin. »Geh du nach Hause zu Birte, Enno. Wir sehen uns dann morgen früh.«

»Du brauchst aber auch deinen Schlaf.«

»Immer ein Gentleman, so kenne und liebe ich dich«, erwiderte Mona augenzwinkernd. »Du kannst mir ja später einen Kollegen von der Nachtschicht als Ablösung schicken.«

Der Oberkommissar versprach, genau dies zu tun. Dann verabschiedete er sich. Die Ermittlerin machte es sich auf einem Stuhl vor dem Krankenzimmer bequem und ging die neuen Informationen noch einmal in Gedanken durch. Warum hatte sich Felicitas Gruber so sinnlos betrunken? Aus Verzweiflung über ihre eigene Tat? Ihr Alkoholkonsum erklärte jedenfalls, warum sie sich noch auf der Insel befand. In ihrem Zustand konnte die Verdächtige noch nicht einmal stehen, geschweige denn zum Hafen oder Flugplatz fahren, um Borkum zu verlassen. Nach Monas Ansicht passten die bisher bekannten Fakten nicht zusammen: Einerseits der kühl geplante Diebstahl des Zierdolchs, um die Familie Rudinga verdächtig erscheinen zu lassen, andererseits der Alkoholabsturz nach der verübten Tat. Natürlich war es denkbar, dass Felicitas Gruber über sich selbst erschrocken war, nachdem sie ihren Angebeteten umgebracht hatte. Oder – die Dinge waren ganz anders abgelaufen. Und welche Bedeutung hatte die Taschenuhr, das Erbstück der Fallenas? Warum war sie in dem Abfallbehälter gewesen? Dieser Punkt konnte eventuell auch wichtig sein. Mona war in Gedanken versunken. Sie bemerkte Dr. Siemers erst, als er direkt vor ihr stand.

»Die Patientin hat immer noch einen Blutalkoholwert von 2,5 Promille«, erklärte der Mediziner, »wobei ich davon ausgehe, dass ein Teil der Substanz schon abgebaut wurde. Wir überwachen ihre Vitalfunktionen, die Infusion habe ich ja schon erwähnt. Morgen dürfte sie am späten Vormittag wieder ansprechbar sein.«

»Danke, Herr Doktor«, erwiderte die Kommissarin. Wahrscheinlich war es übertrieben, Felicitas Gruber die ganze Nacht lang zu bewachen. In ihrer Verfassung würde sie wahrscheinlich gar nicht fliehen können. Trotzdem – Mona hätte es sich niemals verziehen, wenn die Mordverdächtige entkommen wäre.

Einige Zeit später erschien Polizeimeisterin Aiske Berend: »Enno hat gesagt, dass ich dich ablösen soll, Mona.«

Die Ermittlerin war zwar innerlich noch völlig überdreht, aber sie wusste aus Erfahrung, dass ihr die fehlende Nachtruhe am nächsten Tag Probleme machen würde. Es wäre also auf jeden Fall besser, sich noch ein paar Stunden lang aufs Ohr zu legen.

»Du hast ja die erkennungsdienstlichen Fotos gesehen, die wir von den Münsteraner Kollegen bekommen haben, Aiske. Die Frau auf den Bildern liegt in diesem Zimmer dort und schläft einen gigantischen Wodkarausch aus. Sei bitte vorsichtig, sie steht unter Mordverdacht. Falls es Ärger gibt, forderst du bitte sofort Verstärkung an.«

»Wird gemacht«, versprach die Polizistin. Sie fügte hinzu: »Ich hab übrigens dein Fahrrad mitgebracht, damit du nicht nach Hause laufen musst.«

Mona bedankte sich und sagte Tschüss. Doch sie konnte jetzt noch nicht gleich zu ihrer Wohnung in der Walfangerstrate fahren. Nach diesem aufregenden Arbeitstag hatte sie Sehnsucht nach ihrem Freund. Zum Glück wusste sie genau, wo sie Jan Lummer finden würde: Als Wirt der *Nordsee Kajüte* stand er garantiert in seinem Lokal hinter der Theke. Die meisten Gäste der gemütlichen Kneipe am Yachthafen waren Segler. Die Kommissarin schwang sich in den Sattel ihres Mountainbikes und machte sich auf den Weg. Vom Borkumer Stadtkrankenhaus bis zum Yachthafen benötigte man mit dem Fahrrad ungefähr zwanzig Minuten. Das war ihrer Meinung nach eine ideale Zeitspanne, um den Alltagsstress zurückzulassen und sich ganz auf die vor ihr liegenden angenehmen Stunden zu konzentrieren. Auf der nächtlich-stillen Reedestraße herrschte nur wenig Straßenverkehr. Mona genoss die rasende Fahrt durch die Dunkelheit, die nur von den Laternenlichtern durchbrochen wurde. Sie kamen ihr vor wie Glühwürmchen, die in der Finsternis verharrten. An diesem Abend schaffte Mona die Strecke in einer Viertelstunde. Als sie die Tür des Lokals aufstieß, wurde sie von Irish-Folk-Musik empfangen. Ihr Freund stand mehr auf Heavy

Metal, ließ sich aber seinen Gästen zuliebe auch auf andere Klänge ein. Sie betrat den Schankraum. Jan bemerkte sie sofort, obwohl er gerade mit einem Mann an der Theke plauderte. Er schien einen sechsten Sinn dafür zu haben, wenn seine Freundin auf der Bildfläche erschien.

»Du hast mich wiedererkannt, das ist ein gutes Zeichen«, neckte Mona ihn. Es waren nur zwei Tage vergangen, seit die beiden einander das letzte Mal gesehen hatten. Trotzdem kam es ihr wie eine halbe Ewigkeit vor.

»Ich weiß nicht nur, wer du bist – mir ist auch klar, dass du ein Bier brauchst«, meinte Jan schmunzelnd, während er ein frisches Glas unter den Zapfhahn stellte.

»Sieht man mir das wirklich an? – Ja, ich habe Durst«, gab die Kommissarin zu und rutschte auf einen Barhocker. *Ich muss mich ja nicht so volllaufen lassen wie Felicitas Gruber*, fügte sie in Gedanken hinzu. Und dann gelang es ihr tatsächlich für einige Zeit, nicht mehr an ihren Job zu denken.

*

Für Mona blieb es an diesem Abend wirklich nur bei einem Bier. Es war hauptsächlich Jans Gesellschaft, die sie wieder aufbaute. Am nächsten Morgen stand sie wie üblich in aller Herrgottsfrühe auf, um vor dem Dienstantritt eine Runde mit ihrer Dogge Rufus zu drehen. Es hatte nachts geregnet, doch bei Sonnenaufgang vertrieb eine kräftige Brise die Wolken. Der Tag begann mit einem klaren Himmel. Es versprach, schön zu werden. Nachdem Frau und Hund sich ausgepowert hatten, brachte die Kommissarin ihren vierbeinigen Gefährten zu Birte Moll zurück, wo er die meiste Zeit verbrachte. Monas Job und ihre Wohnsituation erlaubten es leider nicht, dass sie mehr Zeit mit Rufus verbrachte. Darum waren ihr diese frühen Morgenstunden immer ganz besonders wichtig.

Als sie auf der Polizeiwache erschien, war Enno bereits anwesend und trank seinen Tee. Seine Kollegin berichtete ihm, was der Arzt am Vorabend gesagt hatte.

»Dann werden wir uns mit Felicitas Grubers Befragung wohl noch gedulden müssen«, erwiderte er, »aber zunächst dürfen wir uns ja mit Johan Rudinga befassen.«

Die Kommissare besprachen nun, wie sie vorgehen wollten.

»Die Informationen von dem Wiesmoorer Kollegen waren sehr aufschlussreich«, meinte Mona, »nur reichen sie leider nicht aus, um den Verdächtigen zu belasten. Ein weiblicher Teenager, der sich mit dem strengen Vater zofft – solange keine Gewalt im Spiel ist, dürfte so ein Konflikt wohl eher die Regel als die Ausnahme sein. Ich habe allerdings noch eine Sache in Erfahrung gebracht, die uns nützen könnte.«

Sie teilte nun ihr Wissen mit dem Oberkommissar. Enno hob die Augenbrauen und erwiderte: »Ja, diese Sache wirft ein Schlaglicht auf Johan Rudingas Charakter. Aber auch hier liegt offenbar keine strafbare Handlung vor. Wenn Claras Vater mauert, haben wir ziemlich schlechte Karten. Ganz zu schweigen davon, dass bisher alles für Felicitas Grubers Täterschaft spricht. Dies wird uns jedenfalls Oltbeck aufs Butterbrot schmieren, dafür gebe ich dir Brief und Siegel.«

»Ja, es sieht für die Stalkerin nicht gut aus«, räumte Mona ein. »Lass uns abwarten, was sie uns zu sagen hat, sobald sie wieder ein paar zusammenhängende Sätze von sich geben kann.«

Während der nächsten Stunden gingen die Ermittler die bisher bekannten Fakten wieder und wieder durch. Es war wichtig, kein Detail zu übersehen. Um Punkt elf Uhr riss Grietje die Tür auf – natürlich, ohne zuvor anzuklopfen.

»Ihr habt Besuch!«, trompetete sie. Mona und Enno griffen sich ihre Unterlagen und gingen in den Verhörraum. Dorthin waren Johan Rudinga und sein Rechtsbeistand bereits von der Polizeimeisterin geführt worden. Die Herren erhoben sich von ihren Stühlen, als die Kommissare hereinkamen. Der Verdächtige trug einen dunklen Anzug – so, als ob er zu einer Beerdigung gehen wollte. Sein Gesicht war leicht gerötet. Vor Aufregung oder vor Zorn? Diese Frage hätte Mona nicht beantworten können. Vielleicht eine Mischung aus beidem? Am Revers seines Jacketts trug er einen metallenen Anstecker, der eine Art Emblem darstellen sollte. Es kam der Kommissarin bekannt vor, sie hatte es bereits in dem Vitrinenraum in größerer Form als Wandschmuck gesehen. Offenbar handelte es sich um das Familienwappen. Rudingas Strafverteidiger hieß Dr. Heinrich Tepe. Er war ein untersetzter Mann in den Sechzigern, der mit seiner Strickjacke und seiner beigen Freizeithose eher wie ein Ruheständler im Urlaub als wie ein Jurist wirkte. Doch Mona ließ sich von seinem gemütlichen Äußeren nicht täuschen. Sie hatte schon mehrfach beruflich mit ihm zu tun gehabt. Dr. Tepes Kanzlei befand sich in Emden. Er verfügte außerdem über ein Zweigbüro auf der Insel, in dem er zweimal pro Woche für seine Mandanten da war.

Da alle Anwesenden einander kannten, erübrigte sich eine Vorstellungsrunde. Der Anwalt rückte seine Hornbrille zurecht und sagte: »Mir ist noch nicht ganz klar, was Sie Herrn Rudinga konkret vorwerfen. Steht er unter Mordverdacht?«

»Wir versuchen zunächst, die Stunden vor Lübbo Fallenas Ermordung möglichst genau zu rekonstruieren«, erklärte Enno. Dann wandte er sich an den Verdächtigen: »Wo waren Sie am Abend des 27. September und in der Nacht vom 27. auf den 28. September?«

»Gegen halb acht habe ich zusammen mit meiner Ehefrau etwas gegessen, und zwar im Ferienhaus unserer Familie. Danach haben wir gemeinsam Fernsehen geschaut und sind um zweiundzwanzig Uhr zu Bett gegangen. Am Morgen des 28. September stand ich um sieben Uhr morgens auf.«

Die Antwort kam dem Verdächtigen so glatt über die Lippen, als ob er sie auswendig gelernt hätte. Darüber wunderte sich die Kommissarin nicht; seit Johan Rudinga von der Vorladung wusste, konnte er sich auf die zu erwartenden Fragen vorbereiten. Gewiss hatte auch sein Anwalt ihn darauf hingewiesen, wofür die Polizei sich ganz besonders interessieren würde.

»Also kann Ihre Gattin bestätigen, wo Sie waren?«

»Das ist korrekt, Herr Moll.«

»Allerdings sind die Zeugenaussagen von Eheleuten anders zu bewerten als von völlig Fremden …«

Enno konnte nicht ausreden, denn der Verdächtige fiel ihm ins Wort: »Wollen Sie meiner Frau unterstellen, dass sie eine Lügnerin ist?«

Der hat eine kurze Zündschnur, dachte Mona. Johan Rudinga schien ein Choleriker zu sein, der sich schnell aufregte und seine Zunge nicht im Zaum hatte. Dies war bei einer Befragung für die Ermittler von Vorteil, wenn sie ihre Karten richtig ausspielten. Bevor der Oberkommissar reagieren konnte, meldete sich Dr. Tepe zu Wort: »Momentan gibt es keinen Hinweis darauf, dass mein Mandant das Haus während der fraglichen Nacht verlassen hätte, Herr Moll.«

Enno wollte offenbar nicht weiter auf diesem Punkt herumreiten. Er sagte: »Nun gut, lassen wir es zunächst dabei. – Ich möchte auf

Ihr Verhältnis zu Lübbo Fallena zu sprechen kommen, Herr Rudinga. Wie würden Sie es beschreiben?«

Der Verdächtige senkte den Kopf. Wahrscheinlich hätte er am liebsten gar nicht geantwortet. Doch sein Strafverteidiger ermutigte ihn: »Sagen Sie den Beamten, was Sie mir erzählt haben. Es ist nicht verboten, jemanden nicht zu mögen.«

»Ja, ich gebe es zu«, murrte Johan Rudinga. Er fuhr fort: »Lübbo war das verwöhnte Söhnchen einer Sippe, die sich selbst viel zu wichtig nimmt. Von Kindheit an ist ihm wahrscheinlich eingetrichtert worden, dass er etwas Besonderes wäre. So gesehen muss man sich nicht wundern, dass aus ihm ein Wichtigtuer und Blender wurde. Man kann es ihm vielleicht noch nicht einmal verübeln. Ich konnte ihn nicht ausstehen – aber deshalb habe ich ihn noch lange nicht getötet!«

Mona legte nun ein vergrößertes Foto auf den Tisch. Darauf war der Oberkörper des toten jungen Mannes mit dem in der Brust steckenden Dolch zu sehen.

»Schauen Sie sich bitte dieses Bild an, Herr Rudinga. – Kommt Ihnen die Mordwaffe bekannt vor?«

Der Verdächtige zog ein Taschentuch hervor und wischte sich damit den Schweiß von der Stirn. Dann antwortete er: »Mein Vater hat uns schon berichtet, dass Lübbo mit unserem Zierdolch umgebracht wurde. Es ist doch eindeutig, dass jemand meiner Familie dieses Verbrechen in die Schuhe schieben will. Weder ich noch ein anderer Rudinga hat diese Untat begangen!«

Wie oft willst du das eigentlich noch wiederholen?, dachte die Kommissarin. Sie fragte: »Wann haben Sie eigentlich von dem Verhältnis zwischen Ihrer Tochter und Lübbo Fallena erfahren?«

Rudinga starrte Mona an, als ob sie Clara obszön beschimpft hätte. Er schien nicht nur beleidigt, sondern auch überrascht zu sein. War er wirklich davon ausgegangen, dass die Liebe der beiden jungen Leute nicht zur Sprache käme?

»Ich hörte aus dem Mund meiner Tochter davon«, behauptete er mit erzwungener Ruhe. »Sie und Ihr Kollege waren doch selbst dabei!«

»Ja, das ist richtig«, stimmte die Ermittlerin zu. »Also war Ihnen das Verhältnis vorher nicht bekannt?«

Der Verdächtige warf seinem Anwalt einen hilfesuchenden Blick zu. Dr. Tepe ließ sich nicht lange bitten: »Mein Mandant hat Ihnen eine eindeutige Antwort gegeben, Frau Sander.«

Mona lächelte und erwiderte: »Ja, das hat er getan. – Wenn also ein Zeuge gehört haben will, dass Herr Rudinga schon seit längerer Zeit von der Beziehung zwischen Clara und Lübbo wusste, dann trifft dies nicht zu?«

»Wer behauptet so einen Schwachsinn?«, polterte der Verdächtige, bevor sein Strafverteidiger ihn daran hindern konnte. Er fügte hinzu: »Das ist üble Nachrede!«

»Wir versuchen nur, Ihre Glaubwürdigkeit zu prüfen«, sagte Enno. Und seine Kollegin ergänzte: »Unsere Kollegen aus Wiesmoor wurden öfter zu Ihrem Stammsitz gerufen, wenn es Streit zwischen Ihnen und Ihrer Tochter gab. Ist das zutreffend?«

»Ja, und es kam nie zu einer Strafanzeige«, fauchte Rudinga. »Wurde das auch erwähnt oder ist man automatisch schuldig, sobald ein Streifenwagen vor der Tür steht?«

Der Verdächtige wurde zunehmend gereizt. Mona beschloss, ihn nicht mehr vom Haken zu lassen.

»Also würden Sie Ihr Verhältnis zu Clara als normal bezeichnen?«, vergewisserte sie sich.

»Selbstverständlich!«, lautete die Antwort. Rudinga hatte nun die Arme vor der Brust verschränkt. Seine Körpersprache drückte Abwehr und Widerwillen aus.

Die Kommissarin fuhr fort: »Ich hatte ein interessantes Telefonat mit der Rektorin vom Elisabethinum. Das ist ein privates Gymnasium in der Nähe von Wiesmoor. Dort hat Ihre Tochter Abitur gemacht, nicht wahr?«

Rudinga nickte und warf ihr einen mürrischen Blick zu. Ob er ahnte, worauf sie hinauswollte?

»Bitte antworten Sie mit ja oder nein«, sagte Enno. »Wir zeichnen diese Befragung als Audiodatei auf.«

»Ja, Clara hat dort ihr Abitur gemacht – und zwar mit Bestnoten. Dass sie trotzdem so lange auf ihren Studienplatz warten muss, liegt nur an der verfluchten Bürokratie!«

Mona ging nicht auf diese Bemerkung ein. Sie erklärte: »Die Direktorin hat Sie in bleibender Erinnerung behalten, Herr Rudinga. Sie sind in ihrem Büro sehr oft vorstellig geworden, jedenfalls im Vergleich zu anderen Eltern …«

»Wenn diese Leute sich nicht um das Fortkommen ihres Nachwuchses kümmern, ist das deren Problem!«, rief der Verdächtige ungehalten.

Mona ließ sich nicht aus dem Konzept bringen: »Die Rektorin fand es jedenfalls bemerkenswert, dass Sie der Schule aus eigener Tasche eine hohe Hecke finanziert haben. Das hängt irgendwie mit dem Handballtraining Ihrer Tochter zusammen. Möchten Sie das näher erläutern?«

Er ließ die Frage unbeantwortet und starrte trotzig gegen die Wand.

»Dann werde ich es tun«, fuhr Mona fort. »Laut der Rektorin sollte diese Hecke die Mädchen auf dem Handballfeld vor den Blicken von vorbeifahrenden Personen auf der Kreisstraße schützen … obwohl man offenbar nur ein paar Sekunden lang das Feld einsehen kann und dort niemand jemals gehalten hat …«

»Aber man könnte dort halten, Frau Sander! Würden Sie es schätzen, wenn Sie eine kurze Sporthose tragen und hemmungslos von irgendwelchen Kerlen angeglotzt werden?«

Mona trug während der gesamten warmen Jahreszeit morgens beim Joggen eine kurze Hose, aber das ging den Verdächtigen überhaupt nichts an. Sie ignorierte seine Bemerkung und sagte: »Ich finde es grundsätzlich lobenswert, wie sehr Sie um Ihre Tochter besorgt sind. Da Clara aber nach ihrer eigenen Aussage schon seit dem letzten Sommer mit Lübbo Fallena liiert war, erscheinen Sie uns besonders verdächtig – zumal Sie den jungen Mann offensichtlich nicht ausstehen konnten.«

Bevor Rudinga sich um Kopf und Kragen reden konnte, schaltete sich Dr. Tepe ein: »Ihre Fantasie in allen Ehren, Frau Sander – aber können Sie Ihre Behauptungen irgendwie beweisen? Hoffen Sie eventuell auf die Fingerabdrücke meines Mandanten auf der Mordwaffe? Ihnen ist schon bewusst, dass sich der Dolch im Familienbesitz befand und nicht nur von Herrn Rudinga, sondern auch von seiner Gattin, seiner Tochter und seinem Vater berührt wurde?«

»Die Waffe wird zurzeit noch kriminaltechnisch untersucht«, erklärte Enno, »daher können wir uns dazu nicht äußern.«

Mona ergänzte: »Wobei es bemerkenswert ist, dass der Dolch gestohlen wurde, ohne dass Einbruchspuren festzustellen sind. Dies spricht für einen Täter, der zum Haushalt gehört.«

»Oder für einen Dieb mit professionellem Handwerkzeug«, widersprach der Strafverteidiger. »Als ich das Vorgespräch mit meinem Mandanten hatte, habe ich mir die Schlösser angeschaut. Ich bin kein Experte, aber sie kommen mir sehr veraltet vor. Gewiss sind sie leicht zu öffnen.«

Damit lag der Jurist zweifellos richtig, aber das wollte die Kommissarin ihm nicht auf die Nase binden. Stattdessen präsentierte sie Johan Rudinga ein Foto der Taschenuhr und fragte: »Kommt Ihnen dieser Zeitmesser bekannt vor?«

Der Verdächtige betrachtete das Bild genau, dann schüttelte er den Kopf: »Nein, Frau Sander. Ich habe sie noch nie gesehen.«

Diese Aussage erschien Mona glaubhaft. Wenn der Verdächtige wirklich am Tatort gewesen wäre – hätte er dann nicht anders auf dieses Objekt reagieren müssen? Oder war ihm die Uhr deshalb nicht aufgefallen, weil sie erst nach Lübbo Fallenas Tod aus dessen Tasche geglitten war? Diese Fragen ließen sich momentan nicht beantworten.

»Sie bleiben also dabei, dass Sie während der Nacht das Ferienhaus nicht verlassen haben?«, vergewisserte Enno sich. »Wenn wir Zeugen finden, die etwas anderes aussagen, dann bekommen Sie große Schwierigkeiten.«

Dr. Tepe beugte sich vor und sagte: »Sie sollten meinem Mandanten besser nicht drohen, Herr Moll! – So, wie ich es sehe, haben Sie nichts Konkretes gegen Herrn Rudinga in der Hand. Daher spricht wohl nichts dagegen, dass wir uns jetzt verabschieden.«

Mona wusste, dass der Strafverteidiger im Grunde recht hatte. Bei der Befragung war nur herausgekommen, dass Johan Rudinga schnell aufbrauste – eine Eigenschaft, die sie nur allzu gut von sich selbst kannte. Die Episode mit der Hecke als Sichtschutz konnte als übertriebene Fürsorge oder Vorsicht verstanden werden, aber dadurch wurde jemand noch nicht automatisch zum Mordverdächtigen. Nachdem Johan Rudinga und sein Anwalt die Polizeistation verlassen hatten, rief die Kommissarin im Ferienhaus an, um mit seiner Ehefrau zu sprechen. Ebba Rudinga bestätigte das Alibi ihres Gatten. Mona hatte nichts anderes erwartet.

Kapitel 12

»Du brauchst jetzt einen besonders starken Tee«, entschied Enno, nachdem er einen prüfenden Blick auf das Gesicht seiner Kollegin geworfen hatte. Wenig später saßen die beiden in ihrem gemeinsamen Büro und ließen sich das ostfriesische Lebenselixier schmecken. Mona musste zugeben, dass dem Oberkommissar die Zubereitung gelungen war. Nach ein paar Schlucken von der kräftigen Assam-Mischung fühlte sie sich sofort wieder besser.

»Johan Rudinga ist zweifellos ein Vater, der streng über seine Tochter wacht«, stellte sie fest. »Ich hatte gehofft, ihn mit der Heckengeschichte aus der Reserve locken zu können. Aber das hat ja nun überhaupt nicht geklappt.«

»Wir werden ihn und die anderen Rudingas ganz gewiss nicht so schnell von unserer Liste an Verdächtigen streichen«, stellte der Ostfriese klar. Er fügte hinzu: »Es kann sich lohnen, sie alle genauer zu durchleuchten und auch noch einmal mit Clara zu sprechen. Sie muss doch das größte Interesse daran haben, den Mörder ihres Freundes zu entlarven. Und außerdem haben wir noch ein anderes Eisen im Feuer, wie du weißt.«

Mona sagte: »Ja, allerdings. Wir sollten uns momentan besser auf Felicitas Gruber konzentrieren. Oltbeck ist doch sowieso überglücklich, dass wir eine so vielversprechende Mordverdächtige vorweisen können. Sie hatte Motiv und Gelegenheit, es gab laut einer Zeugenaussage Blut an ihren Händen – eindeutiger geht es doch nicht, oder?«

Die Kommissarin hatte den letzten Satz mit ironischem Unterton vorgetragen. Trotzdem war sie sich darüber im Klaren, dass ihr Vorgesetzter die bisher bekannten Fakten genau auf diese Weise betrachten würde. Enno nickte schmunzelnd und erwiderte: »Ja, wir sollten uns nach dem Befinden der jungen Dame erkundigen. Vielleicht ist sie ja schon zu einer Aussage bereit, wenn sie wieder halbwegs bei Verstand ist.«

Die beiden stiegen in den Dienstwagen und fuhren zur Gartenstraße. Kurze Zeit später wurden sie von Dr. Siemers empfangen. Er hatte gerade seine Visite beendet.

»Die Patientin ist jetzt relativ stabil«, erklärte der junge Arzt. »Meiner Meinung nach ist sie durchaus vernehmungsfähig. Allerdings ist ihr Kreislauf immer noch ziemlich schwach und der Blutdruck niedrig.«

»Das ist kein Problem«, versicherte Mona. »Wir werden sie mit Mineralwasser abfüllen. Bei uns dehydriert niemand, darauf können Sie sich verlassen.«

Der Mediziner ließ ihre Bemerkung unkommentiert. Er hatte sich in den Jahren der Zusammenarbeit an die flapsige Art der rotblonden Kommissarin gewöhnt und nahm ihr solche Sprüche nicht krumm.

Enno klopfte an die Tür des Krankenzimmers und trat gleich darauf ein. Felicitas Gruber lag in ihrem Bett. Ihr Gesicht war bleich, sie hatte dunkle Ringe unter den Augen. Mona konnte in etwa nachvollziehen, wie sie sich fühlen musste. Auch die Ermittlerin hatte bereits das eine oder andere Mal einen Brummschädel gehabt, wenn auch vermutlich nicht so heftig wie die Verdächtige. Ihr Mitgefühl hielt sich jedenfalls in Grenzen. Mona führte sich vor Augen, dass sie es vermutlich mit einer Mörderin zu tun hatte. Es gab allerdings immer noch Zweifel an der Art der Tatausführung. Sie hoffte, diese beim anschließenden Verhör ausräumen zu können.

»Moin, hatten Sie eine angenehme Nacht?«, fragte die Kommissarin mit einem unschuldigen Gesichtsausdruck.

Felicitas Gruber verzog den Mund, als ob sie in eine Zitronenscheibe hätte beißen müssen. »Wie bin ich überhaupt hierher gekommen?«, murmelte sie. »Ich kann mich an nichts mehr erinnern, habe einen kompletten Filmriss.«

Kein Wunder bei der Alkoholmenge, dachte Mona. Sie sagte: »Wir machen jetzt einen kleinen Ausflug zur Polizeistation. – Frau Gruber, ich verhafte Sie hiermit offiziell wegen des dringenden Verdachts, Lübbo Fallena erstochen zu haben. Sie müssen sich zu dem Vorwurf nicht äußern und können einen Rechtsbeistand hinzuziehen.«

Die Verdächtige starrte die Kommissarin an, als ob sie ein Gespenst sehen würde. Sie rang nach Luft. Begriff sie überhaupt, in welcher Lage sie sich befand? Plötzlich brach es aus ihr hervor: »Das, das habe ich nicht getan! Sie müssen mir glauben. Ich habe Lübbo geliebt. Warum hätte ich ihn umbringen sollen?«

Mona feuerte eine Gegenfrage zurück: »Vielleicht, weil Sie seine Zurückweisung nicht ertragen konnten? Egal, darüber werden wir in

Ruhe auf der Wache sprechen. Ziehen Sie sich jetzt etwas an. – Gehst du bitte so lange hinaus?«

Der letzte Satz war natürlich an Ennos Adresse gerichtet. Der Oberkommissar nickte und verließ den Raum. Felicitas Gruber schlüpfte unter Monas wachsamen Augen in ihre Kleidung. Die Kommissarin vergewisserte sich, dass die Verdächtige keine Gegenstände bei sich hatte, die als Waffe hätten missbraucht werden können. Zwar machte die junge Frau immer noch einen reichlich benebelten Eindruck, aber die Polizistin hatte schon oft genug erlebt, dass Täter selbst unter äußerst ungünstigen Umständen immer noch zu brutalen Handlungen fähig waren. Sie wollte sich nicht auf ihr Glück verlassen. Doch die Stalkerin verhielt sich passiv. Ihr Widerstandswille, falls es diesen überhaupt gegeben hatte, schien erloschen zu sein. Felicitas Gruber bewegte sich ruckartig, wie eine Roboterin. Ob sie unter Schock stand? Mona konnte sich vorstellen, dass sie immer noch mit den Nachwirkungen des Trinkexzesses zu kämpfen hatte.

»Immerhin können Sie sich jetzt Ihre Hose selbst anziehen«, bemerkte die Kommissarin trocken. »In der Nacht musste ich das machen.«

Die Verdächtige wich ihrem Blick aus. »Mir ist das alles unglaublich peinlich. Ich vertrage eigentlich gar keinen Alkohol«, behauptete sie.

Darauf erwiderte Mona nichts. Sie lotste Felicitas Gruber zum Auto und nahm mit ihr auf dem Rücksitz Platz. Nachdem die drei auf der Wache angekommen waren, brachte die Ermittlerin eine Flasche Mineralwasser und ein Glas in den Verhörraum. Die mutmaßliche Täterin saß nach vorn gebeugt auf ihrem Stuhl – so, als ob eine große Last auf ihren Schultern ruhen würde.

»Wollen Sie einen Strafverteidiger hinzuziehen?«, fragte Enno. Zuvor hatte er Monas und seinen eigenen Namen genannt. Eine offizielle Vorstellung hatte ja noch nicht stattgefunden.

»Nein, ich habe ja nichts Unrechtes getan. Lassen Sie mich Ihnen erklären, was wirklich passiert ist«, lautete die Antwort.

Nachdem sich Felicitas Gruber damit einverstanden erklärt hatte, dass die Befragung als Audiodatei aufgezeichnet wurde, sprach Mona sie an: »Am besten beginnen Sie damit, wie Sie Lübbo Fallena kennengelernt haben.«

Sobald die Kommissarin den Namen des Ermordeten erwähnt hatte, verzogen sich die rissigen Lippen der Verdächtigen zu einem verträumt wirkenden Lächeln: »Ich fühlte mich sehr allein, als ich mit dem Studium begann. Die Universität Münster ist ziemlich groß, wie Sie wahrscheinlich wissen. Da kann man als Neuling vom Land leicht unter die Räder geraten. Ich bin leider schüchtern und finde nicht leicht Anschluss. Das änderte sich, als ich Lübbo traf.«

»Inwiefern?«, hakte Enno nach.

»Wenn er anwesend war, ging es mir sofort besser, Herr Moll. Ich weiß nicht, ob Sie dieses Gefühl kennen. Da ist jemand, auf den Sie sich hundertprozentig verlassen können. Diese Person muss gar nicht mit Ihnen sprechen. Es reicht, wenn er bei Ihnen ist.«

»Das müssen Sie uns genauer erklären«, forderte Mona, die eine bestimmte Ahnung hatte. »Wie oft trafen Sie Lübbo Fallena?«

»Jeden Dienstag von 14 bis 15.30 Uhr.«

Der Verdacht, den die Ermittlerin gehegt hatte, bestätigte sich.

»Frau Gruber, Sie haben sich nicht mit diesem Mann verabredet. Er saß lediglich mit Ihnen in einem Seminarraum, wo vermutlich noch zwei Dutzend andere Studierende anwesend waren!«, vermutete Mona.

»Na und?«, gab Felicitas Gruber patzig zurück. »Lübbo waren diese Leute egal. Er interessierte sich nur für mich, das spürte ich.«

Diese Frau lebte offenbar in einer Traumwelt. Mona hätte für sie wahrscheinlich Mitleid empfunden, wenn ihre Besessenheit sie nicht zu Straftaten verleitet hätte. Sie musste Felicitas Gruber auf den Boden der Realität zurückholen: »Lübbo Fallena hat Sie bei unseren Münsteraner Kollegen wegen Nachstellung angezeigt. Das hätte er wohl nicht getan, wenn er wirklich etwas von Ihnen gewollt hätte.«

»Sie haben doch keine Ahnung!«, fauchte die Verdächtige. »Lübbo hatte falsche Freunde, die ihm Unsinn über mich eingeredet haben. Eine andere Erklärung gibt es nicht. Er war ein unglaublich gutaussehender und charmanter Mann. Es ist doch nur logisch, dass es Weiber gab, die mich aus dem Rennen werfen wollten.«

Die Kommissarin begriff, was mit der Verdächtigen los war. Sie konnte ihr selbst geschaffenes Lügengebilde nicht verlassen, weil sie ihr ganzes Leben darauf ausgerichtet hatte. Ob es den Ermittlern gelingen würde, ihr trotzdem die Wahrheit über den Mord an Lübbo Fallena zu entlocken?

»Sie haben Ihr Studium abgebrochen und stehen nicht mehr in Kontakt zu Ihren Eltern, ist das korrekt?« Mit dieser Frage wollte Mona sich weiter vortasten.

Felicitas Gruber nickte mürrisch: »Ja, Mama und Papa hielten mir nur noch Moralpredigten, nachdem Lübbo gezwungen worden war, mich bei der Polizei anzuzeigen. Und dieses lächerliche Kontaktverbot … aber ich begriff, dass ich mich unauffällig verhalten musste. Also zahlte ich von meinen Ersparnissen die Geldstrafe, zu der ich verdonnert worden war. Danach tat ich alles, um unter dem Radar zu bleiben.«

»Wovon haben Sie gelebt? Und wo wohnten Sie?«, hakte der Oberkommissar nach.

Die Verdächtige schwieg. Für die Kommissarin lag auf der Hand, dass sie sich mit illegalen Machenschaften über Wasser gehalten haben musste. Diesen Punkt konnte man später immer noch klären. Jetzt kam es darauf an, den Gesprächsfaden nicht abreißen zu lassen.

»Woher wussten Sie, dass Lübbo Fallena sich aktuell auf Borkum befand?«, fragte Mona.

Die Antwort lautete: »Ich habe alles über seine Familie gelesen, was ich nur in die Finger bekommen konnte. Schon bei unserer ersten Begegnung fiel mir auf, wie aristokratisch sich Lübbo verhielt. Er war ein Edelmann vom Scheitel bis zur Sohle. Man merkte sofort, dass er der Nachfahre eines Häuptlings war …«

Bevor sie zu sehr ins Schwärmen geriet, fuhr ihr die Kommissarin in die Parade: »Das verstehe ich, aber dadurch konnten Sie nicht wissen, dass Lübbo sich momentan hier aufhielt. Er hätte ja auch auf dem Stammsitz seiner Familie oder in seiner Münsteraner Studentenbude sein können.«

Habe ich wirklich gerade eben ›Stammsitz‹ gesagt?, dachte die Ermittlerin. Der Umgang mit blaublütigen Opfern und Verdächtigen schien auf sie abzufärben. Ihr entging nicht, dass Felicitas Gruber sich mit der Antwort Zeit ließ. Ob die Verdächtige sich eine überzeugende Lügengeschichte ausdachte? Und dann kam Mona von selbst auf die naheliegende Lösung: »Sie haben heimlich eine Spionagesoftware auf dem Handy Ihres Angebeteten installiert!«

»Das hätten Sie an meiner Stelle auch getan, Frau Sander! Ich musste doch wissen, wo Lübbo ist, um ihm nahe sein zu können.«

Nach Monas Meinung hörte sich diese Aussage reichlich gestört an. Sie stellte nun eine entscheidende Frage: »Wussten Sie, dass Lübbo Fallena und Clara Rudinga ein Liebespaar waren?«

»Das ist Unsinn!«, behauptete die Stalkerin. »Lübbo liebte nur mich. Ständig haben sich irgendwelche Flittchen ihm an den Hals geworfen, das hatte nichts zu bedeuten. Ich habe schon aufgepasst, dass ihm keine zu nahe kam.«

Wäre es aus der Sicht dieser verwirrten Frau nicht logischer gewesen, Clara Rudinga zu erstechen? Die Kommissarin zeigte Felicitas Gruber ein Foto vom Oberkörper des Opfers, mitsamt der in der Brust steckenden Klinge. Sie wollte beobachten, wie die Verdächtige darauf reagierte. Die Frau schlug sofort die Handflächen vor ihr Gesicht und rief: »Nehmen Sie das Bild weg, das ist schrecklich! Nachts konnte ich das nicht so genau sehen, weil es dunkel war und die nächste Laterne zu weit entfernt stand.«

»Also sind Sie am Tatort gewesen«, stellte Mona fest, »und laut einer Zeugenaussage hatten Sie Blut an Ihrer Hand – weil Sie Lübbo Rudinga nämlich erstochen haben!«

»Nein, das ist ein Missverständnis!«, beteuerte die Verdächtige. »Als ich ihn in diesem Abfallkorb liegen sah, war er schon tot!«

Kapitel 13

Die Kommissarin setzte nicht sofort zu einer Erwiderung an, und auch ihr Kollege hielt sich für den Moment zurück. Vermutlich gingen Enno ähnliche Gedanken durch den Kopf wie ihr selbst: War diese Behauptung überhaupt glaubhaft? Gab es einen anderen Täter, der dieser Stalkerin zuvorgekommen war?

»Beginnen wir nicht damit, dass Sie Lübbo dort am Strand … fanden. Lassen Sie uns ein paar Stunden in der Zeit zurückgehen«, schlug Mona vor. »Wie begann der Abend des 27. September für Sie?«

Felicitas Gruber trocknete ihre Tränen. Sie überlegte kurz und antwortete: »Ich hatte ja mein Zimmer bei Herrn Clüver bezogen und wollte Lübbo weiterhin im Auge behalten. Inzwischen wusste ich natürlich, wo sich das Ferienhaus der Fallenas befand. Ich wäre gern hineingegangen, um mich seinen Eltern vorzustellen. Leider wusste ich nicht, wie sie zu mir stehen würden. Es gab ja falsche Freunde, die Lübbo dazu verleitet hatten, mich in Münster bei der Polizei anzuschwärzen. Vielleicht gehörten ja diese miesen Ratgeber auch zu seiner Familie? Ich konnte es nicht riskieren, dort einfach aufzutauchen. Also hielt ich mich zurück und blieb eine stille Beobachterin.«

Mona ließ diese Worte unkommentiert. Ihrer Meinung nach hatte die Stalkerin ihren Traumprinzen hauptsächlich deshalb aus der Ferne angeschmachtet, weil sich dadurch ihre Illusionen am besten aufrechterhalten ließen. Wenn sie wirklich von Lübbo verlangt hätte, Farbe zu bekennen, wäre die Enttäuschung vorprogrammiert gewesen. Unbewusst ahnte Felicitas Gruber dies wahrscheinlich auch.

Die Verdächtige fuhr fort: »Um Viertel nach elf öffnete sich die Haustür. Mein Herz schlug schneller, denn im Schein der Eingangsleuchte erblickte ich Lübbo. Er war allein. Ich glaube, dass er meine Anwesenheit ahnte und mit mir allein sein wollte. Etwas Besseres hätte ich mir natürlich nicht erträumen können.«

»Also sprachen Sie ihn an?«

Diese Frage kam von dem Oberkommissar. Die Verdächtige schaute ihn so empört an, als ob er etwas völlig Abwegiges vermutet hätte. »Wo denken Sie hin, Herr Moll? Das wäre viel zu riskant gewesen. Ich musste mich doch zunächst versichern, dass ich nicht in eine Falle tappte. Es wäre ja möglich gewesen, dass Lübbo von jemand anderem verfolgt wurde, der mir Böses wollte. Also hielt ich einen großen Abstand zu ihm. Er ging auf den Strand zu.«

Mona schüttelte den Kopf und sagte: »Wenn Sie bei der Wahrheit geblieben sind, muss der Abstand ja sehr groß gewesen sein. Oder haben Sie den Mord selbst aus sicherer Entfernung beobachtet?«

»Wie können Sie mir so etwas unterstellen, Frau Sander! Natürlich hätte ich Lübbo geholfen – sogar dann, wenn wir nicht ineinander verliebt gewesen wären! Man kann doch nicht tatenlos zuschauen, wie ein Mensch getötet wird!«

Enno betonte: »Ich teile die Zweifel meiner Kollegin. Selbst wenn der Mörder schon auf Lübbo Fallena gewartet hat, um ihn sofort niederzustechen, muss er noch einige Minuten benötigt haben, um den Körper in die Strandmüllbox zu wuchten. Oder haben Sie sich in den Dünen verlaufen, bevor Sie den Toten erblickten?«

Die Verdächtige antwortete: »Nein, es war anders. – Ich begegnete plötzlich ein paar Betrunkenen, die mich unbedingt zu einer Party mitschleppen wollten. Sie waren sehr aufdringlich und penetrant. Es hat mich ein paar Minuten gekostet, um diese Meute wieder loszuwerden. Und als ich endlich am Strand eintraf, war alles schon vorbei – und für Lübbo kam jede Hilfe zu spät!«

Felicitas Gruber begann zu weinen. Mona fragte sich, ob sie Krokodilstränen hervorbrachte. Dass ein paar alkoholisierte Urlauber in Feierlaune wie aus dem Nichts auftauchten, war zwar nicht völlig unmöglich – es kam der Kommissarin aber sehr unwahrscheinlich vor.

»Und Sie können diese frechen Kerle gewiss nicht genau beschreiben«, vermutete die Kriminalistin. Sie fand, dass sich ihre Worte ironisch anhörten.

»Na ja, eigentlich schon«, erwiderte die Verdächtige. »Die Männer waren Mitte bis Ende zwanzig. Und sie alle trugen Sweatshirts mit dem Schriftzug *Gut Holz* und einer Zeichnung von drei Kegeln.«

»Also eine Sportmannschaft?«

»Ja, genau, Herr Moll.«

Enno machte sich eine Notiz. Gewiss wollte er die Angaben überprüfen.

Mona sprach wieder Felicitas Gruber an: »Sie schüttelten diese Partyleute ab – und wie ging es dann weiter?«

»Ich lief Richtung Strand. In meiner Magengrube machte sich ein mulmiges Gefühl breit. Es war, als ob ich das Unglück geahnt hätte.

Natürlich war es inzwischen so dunkel, dass ich keine Einzelheiten erkennen konnte. Ich kam zwischen den Dünen hindurch und fand den Weg zum Wasser. Ich hörte das Meer rauschen, irgendwo waren auch andere Menschen. Ich hörte Gesprächsfetzen.«

»Und wie fanden Sie die Leiche, wenn es so finster war?«, bohrte die Kriminalistin nach.

Die Verdächtige antwortete: »Mein Smartphone hat eine Taschenlampenfunktion. Die ist zwar nicht besonders hell, aber für meine Zwecke reichte sie aus. Ich befürchtete, dass eine andere Frau sich an Lübbo heranmachen könnte. Er ist … war eben ein sehr attraktiver Mann. Das musste ich verhindern. Also riskierte ich es, die Lampe einzuschalten – obwohl ich dadurch selbst bemerkt werden konnte. Ich stapfte eine Weile durch den Sand, ohne einer Menschenseele zu begegnen. Ich glaubte schon, mich geirrt zu haben. Ich richtete den Lichtstrahl auf diesen Abfallbehälter. Zuerst dachte ich, dass jemand ein größeres Kleiderbündel hineingeworfen hätte. Aber dann wurde ich misstrauisch und kam näher. Ich traute meinen Augen nicht, aber das Grauen war real. Da lag Lübbo – mit einem Messer in der Brust!«

Genau genommen handelte es sich nicht um ein Messer, sondern um einen Dolch. Doch Mona wollte jetzt den Redefluss der Verdächtigen nicht unterbrechen. Felicitas Gruber fuhr fort: »Ich hoffte, dass es noch eine Chance für meinen Geliebten gäbe. Ich tastete nach seinem Puls, aber sein Arm fühlte sich schon ganz kalt an. Dann versuchte ich, den Messergriff aus seinem Körper zu ziehen.«

»Also haben Sie die Mordwaffe berührt«, stellte der Ostfriese klar.

»Ja, aber da war Lübbo schon tot, Herr Moll. Und ich schaffte es nicht, vielleicht hatte sich die Klinge verkeilt oder ich war einfach zu schwach. Außerdem war seine Kleidung blutgetränkt, es war feucht und dunkel, fühlte sich einfach schrecklich an. Ich wollte nur noch weg, um diesen furchtbaren Anblick nicht mehr ertragen zu müssen. Also rannte ich über die Promenade davon.«

»Sie hätten die Polizei oder den Rettungsdienst alarmieren können«, gab Mona zu bedenken.

»Ich stand unter Schock, Frau Sander. Das Bild des toten Lübbo hatte sich schon in meine Seele gebrannt. Ich weiß nicht mehr, wie ich zurück zu meinem Zimmer gekommen bin. Zum Glück hatte ich schon nachmittags Wodka und Bier gekauft, obwohl ich normalerweise kaum Alkohol trinke. Ich brauchte das Zeug, weil ich vergessen wollte. Ich bin erst wieder halbwegs zu mir gekommen, als Sie mich gefunden und ins Krankenhaus geschafft haben.«

»Wie kam das Blut an Ihre Hand?«, wollte die Kommissarin wissen.

»Das muss passiert sein, als ich das Messer entfernen wollte. Natürlich habe ich das Blut bemerkt, als ich wieder im Haus von Herrn Clüver war. Ich wusch mir im Bad die Hände, bearbeitete sie außerdem mit einer Nagelbürste – so lange, bis die Haut schmerzte.«

»Ich glaube Ihnen, dass Sie erschüttert waren – und zwar von Ihrer eigenen Tat«, vermutete Mona. Sie fuhr fort: »Aus der Entfernung mussten Sie miterleben, dass Lübbo mit Clara Rudinga glücklich war. Das konnten Sie nicht ertragen, Sie waren rasend vor Eifersucht. Also folgten Sie dem Mann, der Sie zurückgestoßen hatte, zum Strand. Dort kam es zum Streit, Sie stachen zu und warfen Lübbo in die Strandmüllbox.«

»Nein, das – so war es nicht!«, beharrte die Verdächtige.

»Wir behalten Sie wegen akuter Flucht- und Verdunkelungsgefahr auf jeden Fall hier«, erklärte Enno ruhig.

Kapitel 14

Felicitas Gruber wirkte seltsam lethargisch, als sie von Polizeimeisterin Aiske Berend in die Arrestzelle geführt wurde. Die Verdächtige schien ihre Energie verbraucht zu haben.

»Ob die Begegnung mit diesen Kegelbrüdern wirklich stattgefunden hat?«, dachte Mona laut nach. Die Kommissare waren inzwischen in ihr Dienstzimmer zurückgekehrt.

»Das wird sich schnell herausstellen«, meinte ihr Kollege. Er griff zum Telefonhörer und tätigte einige Anrufe. Dann sagte er: »Komm, wir klären diese Frage jetzt. Und danach haben wir uns das Mittagessen redlich verdient.«

»Wohin fahren wir denn?«, wollte Mona wissen, als sie ins Auto stiegen.

»Zum Ferienhaus von Hanno Visser. Er ist selbst ein begeisterter Kegler und vermietet vorzugsweise an Freunde dieses Sports.«

Der Oberkommissar brachte den Wagen vor einem Rotklinkerhaus an der Franzosenschanze zum Stehen. Nachdem er geklingelt hatte, öffnete ein junger Blonder. Er trug ein Sweatshirt mit der Aufschrift *Gut Holz* sowie der Darstellung von drei Kegeln. Und er wurde sofort verlegen, als die Beamten ihre Dienstausweise zeigten.

»Polizei? Hat uns jemand angezeigt?«, murmelte er.

»Was nicht ist, kann ja noch werden«, gab Mona zurück. »Sie haben doch nichts dagegen, wenn wir hereinkommen, oder?«

Sie wertete sein betretenes Schweigen als Zustimmung und trat – gefolgt von Enno – ins Haus, wo einige Kegelbrüder im Wohnzimmer offenbar ihren Alkoholkater auskurierten. Die Kommissarin sprach sie auf die Begegnung mit Felicitas Gruber an und präsentierte außerdem das erkennungsdienstliche Foto der Mordverdächtigen.

»Ja, die Frau haben wir angesprochen«, bestätigte der Blonde. »Wir konnten ja nicht ahnen, dass sie eine Kriminelle ist.«

»Ob diese Person etwas auf dem Kerbholz hat, muss Sie nicht interessieren. Ich rate Ihnen nur, sich in Zukunft Frauen gegenüber zurückzuhalten. – Borkum ist eine friedliche Insel, und das soll auch so bleiben.«

Mit diesen Worten schloss die Kommissarin den Kurzbesuch ab. Sie war ernsthaft der Meinung gewesen, dass die Verdächtige sich das unerwünschte Treffen mit den bierseligen Keglern spontan ausgedacht hatte.

»Felicitas Gruber kann Lübbo trotzdem getötet haben, die Zeitverzögerung durch diese Hohlköpfe hat gar nichts zu bedeuten.«

Doch Mona musste sich eingestehen, dass sie selbst nicht an ihre Worte glaubte. Enno ging nicht direkt darauf ein. Er fragte nur: »Wo gehen wir heute essen?«

»Wie wäre es zur Abwechslung mit der *Strandstulle*?«, schlug sie vor.

Ihr Kollege war einverstanden. Sie stellten das Auto wieder auf dem Parkplatz hinter der Polizeiwache ab und gingen die wenigen Schritte zur Bismarckstraße zu Fuß. Die *Strandstulle* war ein moderner heller Sandwichladen nicht weit von der Promenade entfernt. Enno bestellte sich eine 15-cm-Thunfischstulle, Mona gab dem Grilled-Chicken-Salat eine Chance. Dazu tranken sie Mineralwasser. Bevor der Ostfriese es sich schmecken ließ, bemerkte er lapidar: »Felicitas Gruber ist nicht die Mörderin.«

Die Kommissarin seufzte und nahm einen Schluck Wasser. »Ich wünschte, dass ich dir widersprechen könnte. – Diese Frau ist ziemlich gestört, in dem Punkt sind wir uns wohl einig. Sie hat eine bemerkenswerte Energie entwickelt, um Lübbo Fallena zu verfolgen und ihm nahe zu sein. Theoretisch wäre es ihr auch möglich gewesen, den Dolch zu stehlen. Allerdings haben wir bei ihr kein Einbruchwerkzeug gefunden. Gut, das Zimmer wurde noch nicht eingehend durchsucht ...«

»Ein Strafverteidiger würde die Frage stellen, woher seine Mandantin von dem Zierdolch der Rudingas gewusst hat«, meinte der Oberkommissar kauend. »Ich will ihr ja gern glauben, dass sie alles über Lübbo Fallena und seine Familie in Erfahrung gebracht hat. Aber woher hätte sie wissen sollen, dass sich diese Waffe der verfeindeten Sippe im Ferienhaus der Rudingas befand? Das ist doch für eine liebeskranke Studentin reichlich weit hergeholt.«

»Unmöglich wäre es nicht«, beharrte Mona. »Für mich zählt eher, dass Lübbo ganz gewiss nicht zu einem romantischen Mondscheinspaziergang Richtung Strand aufgebrochen ist. Ich vermute: Er wollte dort jemanden treffen, und diese Person wurde zu seinem Mörder oder seiner Mörderin. Und er hat sich bestimmt nicht mit einer Frau verabredet, die er in Münster wegen Nachstellung angezeigt hat!«

»Bei einem heimlichen nächtlichen Rendezvous dieses jungen Mannes muss ich natürlich sofort an Clara Rudinga denken«, meinte

Enno, »wobei ich mir bei ihr wirklich nicht vorstellen kann, warum sie ihren Freund töten sollte. Ihre Trauer kam mir äußerst glaubwürdig vor.«

Mona knabberte etwas von ihrem Salat und sagte: »Gehen wir mal davon aus, dass Clara und Lübbo einander wirklich geliebt haben und zusammengeblieben sind, obwohl ihre Familien diese alte Feindschaft pflegten. Wäre Claras Vater wirklich zum Mörder geworden, weil sie sich mit einem Fallena eingelassen hat? Ich weiß es nicht. Aber wenn ich anstelle dieser Frau wäre, dann hätte ich die Situation irgendwie aufgelöst – und zwar zusammen mit meinem Freund.«

»Du meinst, das Paar hat Zukunftspläne geschmiedet?«, fragte Enno. »Ja, diese Heimlichtuerei kann man vermutlich nicht bis in alle Ewigkeit durchhalten. Sie wollten vielleicht sogar heiraten und Kinder bekommen, wer weiß? Obwohl ich Lübbos Vater für einen Widerling halte, traue ich ihm einen Mord nicht zu. Bei dem Bruder Hark sieht die Sache schon anders aus. Als ich bei ihnen war, schien sich Harks Trauer in Grenzen zu halten. Er scheint seine Abkunft von einem Häuptlingsgeschlecht genauso ernst zu nehmen wie sein Papa. – Fest steht, dass beide kein Alibi für die Tatzeit haben. Sie gingen angeblich um 23 Uhr schlafen, aber natürlich nicht in demselben Raum.«

Die Kommissarin hob den Finger und widersprach: »Genau genommen hat Felicitas Gruber ihnen ein Alibi gegeben. Sie behauptet ja, das Ferienhaus der Fallenas im Auge behalten zu haben, bis Lübbo herauskam. Dass eine andere Person es verließ, erwähnte sie nicht. Natürlich könnte Hark sich verdrückt haben, bevor sie sich auf die Lauer legte, dann kann sie ihn gar nicht bemerkt haben. Jedenfalls kann es nichts schaden, dem Bruder und dem Vater noch einmal auf den Zahn zu fühlen. Wir müssen sie sowieso noch wegen der Taschenuhr befragen.«

Enno wiegte den Kopf. »Der Chef wird nicht begeistert davon sein, dass du entgegen seiner Anweisung bei der Familie des Toten aufkreuzt«, gab er zu bedenken.

Aber Mona war nicht zu bremsen: »Moment mal! Genau genommen hat Oltbeck sinngemäß nur gefordert, dass ich meine vorlaute Klappe halten soll. Und das bekomme ich hin. Ich begleite dich einfach nur und sage nichts. Während du das Gespräch führst, bleibe ich brav an deiner Seite und schreibe mit, als ob ich deine Sekretärin wäre.«

Sie setzte sich sehr aufrecht hin und hielt die Speisekarte wie einen Stenoblock.

»Also gut, du würdest ja doch keine Ruhe geben«, erwiderte der Ostfriese lachend.

Nachdem die beiden aufgegessen und bezahlt hatten, holten sie ihren Dienstwagen und fuhren zu den Loogster Dünen. Die Kriminalistin verglich das Ferienhaus der Fallenas mit dem der Familie Rudinga, in dem sie schon gewesen war. Ihrer Meinung nach unterschieden sie sich von der Größe her kaum voneinander. Vermutlich hatten beide Sippen eifersüchtig darauf geachtet, dass sie von dem jeweiligen Rivalen nicht übertrumpft wurden. Nachdem Enno geklingelt hatte, öffnete ihnen ein kräftiger Mann Anfang fünfzig. Er trug eine Anzughose und ein weißes Hemd mit Krawatte.

»Moin! Das ist meine Kollegin, Kommissarin Sander. Wir müssen noch einmal mit Ihnen und Ihrem Vater sprechen«, sagte der Ostfriese. Also hatten sie Hark Fallena vor sich. Mona stellte sich vor, dass ein handfester Kerl wie er vermutlich Lübbo problemlos in den Abfallbehälter hätte legen können – jedenfalls eher als die zierlich gebaute Felicitas Gruber.

Der Bruder des Mordopfers sagte: »Es war für meinen Vater nicht leicht, Lübbos Leiche sehen zu müssen. Haben Sie die Rudinga-Sippe noch nicht verhaftet? Kommen Sie, das dürfen Sie ihm selbst erklären.«

Prost Mahlzeit!, dachte Mona. Sie ermahnte sich selbst, nicht aus der Rolle zu fallen. Also zog sie schon einmal ihren Notizblock hervor. Es konnte ja wirklich nichts schaden, einige Überlegungen niederzuschreiben. Die wichtigsten Informationen zur Auflösung des Falls schienen nämlich immer noch zu fehlen.

Hark Fallena führte die Ermittler in den Wohnraum, wo ein älterer Mann in einem altmodischen mit Leder bezogenen Clubsessel thronte. Dessen Familienähnlichkeit mit Hark und auch mit Lübbo war unverkennbar, allerdings wirkten Geert Fallenas Gesichtszüge deutlich grobschlächtiger. Er trug einen schwarzen Anzug, eine ungewöhnliche Kleidung auf einer Urlaubsinsel. Mona führte sich vor Augen, dass sie es mit einem Witwer zu tun hatte. Diese Montur hing seit dem Tod seiner Frau vermutlich griffbereit im Schrank. Geert Fallena warf den Kommissaren einen kühlen Blick zu und sagte: »Wie ich höre, gab es eine Verhaftung, Herr Moll. Glauben Sie wirklich, dass dieses junge Ding meinen Sohn umgebracht hat? Ich würde viel eher vermuten, dass die Rudinga-Sippe dahintersteckt.«

Die Kommissarin wunderte sich nicht darüber, dass der Patriarch bereits von Felicitas Grubers Festnahme Wind bekommen hatte. Der Mord war natürlich auf der Insel Tagesgespräch, und die Gerüchteküche brodelte. Vielleicht hatte ja auch Joost Clüver aus dem Nähkästchen geplaudert. Enno blieb gelassen. Er stellte Mona auch Geert Fallena vor und sagte: »Wir werden allen Hinweisen nachgehen, das kann ich Ihnen versichern. – Deshalb muss ich fragen, ob Sie oder Ihr älterer Sohn von Lübbos Liebesverhältnis zu Clara Rudinga Kenntnis hatten.«

Während Geert Fallena sitzen blieb, hatte sich Hark stehend neben seinem Vater postiert. Er kam der Kommissarin wie ein Leibwächter vor.

»Ist das ein Trick dieser missratenen Familie, um unseren guten Namen in den Schmutz zu ziehen? Niemals hätte sich mein Bruder mit einer Rudinga eingelassen!«

Diese empörte Reaktion kam von Hark Fallena. Nach Monas Ansicht war er ein wenig *zu* aggressiv, um wirklich überzeugend zu wirken. Natürlich konnte er ein Heißsporn sein, sie kannte ihn ja gar nicht. Deshalb fiel es ihr nicht leicht, ihn richtig einzuschätzen. Doch während der Sohn Ennos Worte offenbar als Kränkung auffasste, verzog der Vater seinen Mund zu einem verächtlich wirkenden Lächeln und sagte: »Du betrachtest die Dinge etwas zu simpel, Junge. Lübbo hätte die kleine Clara gewiss niemals geheiratet. Eine solche Verbindung zwischen den beiden Familien ist unvorstellbar. Aber warum hätte er sich mit der Kleinen nicht amüsieren sollen? Wir Fallena-Männer haben heißes Blut in unseren Adern. Falls Lübbo sich mit Clara eingelassen hat, würde er dieses Abenteuer vor uns geheimgehalten haben. Aber du glaubst doch nicht ernsthaft, dass er Gefühle für sie hegte? Er wird sie weggeworfen haben wie ein benutztes Papiertaschentuch, sobald sie mehr von ihm wollte.«

Mona musste sich auf die Zunge beißen, um dem Alten nicht ihre Meinung über ihn an den Kopf zu werfen. Doch während sie mit ihrer nicht besonders ausgeprägten Selbstbeherrschung kämpfte, ließ sie sich seine Behauptung noch einmal durch den Kopf gehen. Was wäre, wenn der Patriarch richtiglag? Die Kommissarin hatte das

Mordopfer bisher stets als einen jungen Mann betrachtet, der entgegen seinen Familientraditionen einfach auf sein Herz gehört hatte. Aber wenn er sich wirklich nur vergnügen wollte, während Clara tatsächlich in ihn verliebt war? Wollte er sie bei einem Treffen um Mitternacht eiskalt abservieren? Hatte sie ihm daraufhin aus enttäuschter Liebe den Dolch in die Brust gestoßen? Auf jeden Fall wäre es für die junge Frau sehr einfach gewesen, die Waffe an sich zu bringen. Und ihre Trauer? Die war durchaus echt – nur beweinte sie vielleicht gar nicht Lübbos Tod, sondern seinen schändlichen Verrat an ihr!

Der Oberkommissar hakte nach: »Also hatten Sie beide offiziell keine Kenntnis von dem Verhältnis zwischen Lübbo und Clara?«

»Ich hätte es niemals zugelassen«, behauptete Hark.

»Mir wäre es egal gewesen, solange keine echte Liebe im Spiel war«, meinte sein Vater und lachte. Nach Monas Ansicht klang das Geräusch wie das Bellen eine Hyäne.

»Bei unserem ersten Gespräch gaben Sie beide an, gegen 23 Uhr schlafen gegangen zu sein«, erinnerte Enno. »Also haben Sie für die Zeit zwischen Mitternacht und drei Uhr früh kein Alibi, sehe ich das richtig?«

Hark Fallena starrte den Oberkommissar an, als ob er ihm am liebsten ins Gesicht gesprungen wäre. Geert Fallena sagte: »Ja, das stimmt. Aber wie hätten mein Sohn oder ich an den Zierdolch der Rudingas kommen sollen? Ich habe den Griff der Waffe bei der Obduktion sofort wiedererkannt. Glauben Sie mir – unser Verhältnis zu dieser Sippe ist nicht so gut, dass sie mir diesen Dolch so einfach geliehen hätten.«

Das stimmte natürlich, und Mona konnte sich beim besten Willen nicht vorstellen, dass einer dieser beiden Männer in das Rudinga-Haus eingedrungen wäre, um die Stichwaffe für den Mord an Lübbo zu entwenden. Allerdings hatte sie in ihrem Beruf schon die unmöglichsten Dinge erlebt.

Der Oberkommissar erwiderte darauf nichts, sondern kam auf einen anderen Punkt zu sprechen: »Wir haben am Leichenfundort diese Uhr sichergestellt. Sie befindet sich momentan im kriminaltechnischen Labor Oldenburg. Können Sie uns etwas zu dem Zeitmesser sagen?«

Dies war das Stichwort für Mona. Sie holte ihr Smartphone heraus und zeigte Geert Fallena die Fotos, die sie von der Taschenuhr gemacht hatte. Hark beugte sich vor, um seinem Vater über die Schulter schauen zu können. Beide Männer wirkten aufrichtig überrascht.

»Diese Uhr ist im Familienbesitz, sie hat Hauke Fallena gehört«, erklärte der Patriarch. »Er und seine Ehefrau Seetje sind Vorfahren von uns. Wie kommt die Taschenuhr dorthin?«

»Wir haben gehofft, dass Sie eine Erklärung dafür hätten«, sagte Enno.

Geert Fallena schüttelte den Kopf. Er stand auf und ging zu dem wuchtigen altmodischen Wohnzimmerschrank hinüber, der an der südlichen Längswand des Raums stand. Er zog eine Schublade auf.

»Hier bewahre ich die Uhr auf«, erklärte das Familienoberhaupt. »Lübbo wusste natürlich, wo sie sich befand. Sie ist ein Erinnerungsstück, aber für Außenstehende nicht besonders wertvoll. Ich bezweifle, dass ein Trödler auf dem Festland mehr als zwanzig Euro dafür ausgeben würde.«

»Also können Sie wahrscheinlich auch nicht sagen, wann Lübbo die Uhr an sich genommen hat – falls er es war?«

»Nein, Herr Moll. Und ich kann mir nicht vorstellen, wer damit etwas hätte anfangen sollen. Ich traue den Rudingas ja einiges zu – aber noch nicht einmal diese Sippe würde sich an so einem unscheinbaren Objekt vergreifen«, erwiderte Geert Fallena.

Kapitel 15

Die Kommissare verließen das Ferienhaus wieder. Als sie im Auto saßen, sagte Mona: »Na, kann ich nicht brav sein? Es ist kein einziges Wort über meine Lippen gekommen, noch nicht einmal bei den frauenfeindlichen Ergüssen des alten Knackers!«

»Ja, es war beinahe unheimlich, dich so lang schweigen zu hören.«

»Doofmann!«, gab sie lachend zurück und knuffte Enno leicht in die Rippen. Sie fuhr fort: »Geert Fallena hat mich mit seinem gemeinen Sermon immerhin auf eine Idee gebracht. – Vielleicht haben wir Clara Rudinga vorschnell als Tatverdächtige ausgeschlossen, obwohl auch sie kein Alibi hat.«

»Du meinst, weil Lübbo in der Mordnacht die Beziehung beendet haben könnte und sie ihn aus Verzweiflung niedergestochen hat?«, vergewisserte der Oberkommissar sich.

»Das wäre eine Möglichkeit.«

»Ich stimme dir zu, Mona. Leider haben wir noch keine befriedigende Erklärung dafür, dass sie den Dolch bei sich trug. Mit so einem Gegenstand spaziert man ja nicht einfach durch die Gegend. Und warum hatte Lübbo die Taschenuhr dabei? Bestimmt nicht, um die Zeit zu messen.«

Die Kommissarin erwiderte: »Lass uns die Uhr für den Moment ausklammern. Mir ist gerade eingefallen, aus welchem Grund Clara den Zierdolch an sich genommen haben könnte. – Falls sie wirklich mit ihrem Freund zusammen durchbrennen wollte, musste sie damit rechnen, dass ihre Familie ihr Steine in den Weg legt. Also benutzt sie ein Druckmittel. So nach dem Motto: Entweder lasst ihr Lübbo und mich in Ruhe oder ich werfe den Dolch in die Nordsee!«

Der Oberkommissar nickte langsam, seine Stimme klang anerkennend: »Ja, das würde passen. Diese Waffe hat für die Rudinga-Sippe einen ungeheuren ideellen Wert, sie ist sozusagen unersetzbar. Die Vorstellung, dass der Zierdolch abhandenkommen könnte, muss zumindest für Tammo Rudinga unerträglich sein. Wahrscheinlich würde er alles tun, um wieder in den Besitz der Waffe zu gelangen.«

»Wir sollten mit Clara reden«, schlug Mona vor. »Ich hoffe, dass ich mir meinen Verdacht gegen sie nicht anmerken lasse.«

»Ich vertraue auf deine Fähigkeiten«, sagte ihr Kollege mit seiner üblichen Zuversicht. Nachdem sie das Auto hinter der Wache geparkt hatten, machten die beiden sich zu Fuß auf den Weg zur

Promenade. Sie wussten nicht, ob Clara momentan in dem Modegeschäft arbeiten würde. Die Kommissare hofften darauf, weil sie dort durch andere Mitglieder der Rudinga-Familie ungestört wären. An diesem windigen, aber sonnigen Nachmittag herrschte auf der Bismarckstraße viel Betrieb. Die Urlauber flanierten Richtung Strand oder machten es sich in dem neu geschaffenen kleinen Park gemütlich. Die Außenbereiche der Gastrobetriebe waren ebenfalls stark besucht. Mona und Enno stiegen an der Jann-Berghaus-Straße zur Promenade hinab und betraten wenig später das Geschäft, in dem die junge Frau jobbte.

»Manchmal muss man eben einfach Glück haben«, meinte die Ermittlerin trocken. Sie hatte Clara Rudinga sofort entdeckt. Sie sortierte im hinteren Bereich der weitläufigen Verkaufsfläche T-Shirts in ein Regal. Clara Rudinga trug Jeans und einen blauen Kapuzenpullover mit dem Schriftzug *Mediis tranquillus in Undis* (Ruhig inmitten der Wogen) – das Borkumer Motto. Ein kleines Ansteckschild mit ihrem Vornamen verriet außerdem, dass sie zum Verkaufspersonal gehörte. Die junge Frau war blass, wirkte aber gefasst. Sie lächelte traurig, als die Kommissare auf sie zukamen.

»Sie fragen sich wahrscheinlich, warum ich hier bin. Zu Hause fällt mir die Decke auf den Kopf, und ich habe nicht die geringste Lust, mit meiner Familie über Lübbo zu reden. Weder meine Eltern noch meine Großeltern können meine Gefühle verstehen. Die Arbeit lenkt mich ab, obwohl es von hier aus bis zum Tatort gar nicht so weit ist …«

Sie presste die Lippen aufeinander, griff sich ein paar weitere Textilien und legte sie in das Regal. Mona schaute sich um. Es waren momentan nur wenige Kunden im Laden. Hier gab es vom Stirnband bis zur gelben Regenjacke, die oft als »Ostfriesennerz« bezeichnet wurde, die unterschiedlichsten Kleidungsstücke für einen Inselurlaub zu kaufen. Die Kommissarin erinnerte sich daran, wie Clara bei ihrer letzten Begegnung dem Mörder ihres Freundes Rache geschworen hatte. Momentan wirkte sie gefasster, trotzdem musste Mona ihre Worte sorgfältig wählen: »Es hat im Zusammenhang mit Lübbo Fallenas Tod eine Verhaftung gegeben …«

Clara Rudinga zuckte zusammen, als ob sie einen elektrischen Schlag bekommen hätte. Sie riss die Augen weit auf und fragte: »Wer ist es?«

»Die Verdächtige stellte Ihrem Freund bereits in Münster nach, weshalb er sie bei unseren dortigen Kollegen angezeigt hat …«, begann die Kommissarin.

Clara unterbrach sie: »Ja, das hat Lübbo einmal mit einem einzigen Satz erwähnt. Diese Frau heißt Felicitas Gruber, nicht wahr? Er fand sie lästig, aber nicht gefährlich. – Und sie hat ihn wirklich umgebracht, weil er nichts von ihr wissen wollte?«

»Sie war am Tatort, leugnet aber den Mord«, betonte Mona, »daher ermitteln wir bis auf Weiteres in alle Richtungen. – Ich will nicht in Ihren seelischen Wunden stochern, aber wie haben Sie und Lübbo sich eigentlich die gemeinsame Zukunft vorgestellt? Könnte es außer Ihren beiden Familien und der Stalkerin noch weitere Personen geben, die Ihnen Übles wollten?«

Clara antwortete nicht sofort. Sie schien ernsthaft zu überlegen, ob jemand dafür infrage käme. Während die junge Frau nachdachte, zerbrach sich Mona über Claras mögliche Täterschaft den Kopf. Falls sie ihren Freund wirklich erstochen hatte, würde sie gewiss nicht gestehen. Gab es überhaupt eine Möglichkeit, Clara anhand von Indizien zu überführen? Ihre Fingerabdrücke auf dem Dolch ließen sich leicht dadurch erklären, dass die Waffe im Familienbesitz war. Mögliche DNA-Spuren von ihr an der Leiche wären nicht erstaunlich, da Lübbo ihr Freund gewesen war. Clara würde einfach nur den Mund halten müssen, und Felicitas Gruber eignete sich dank ihrer Besessenheit vom Mordopfer bestens als Sündenbock.

Das sind ja düstere Aussichten, dachte die Ermittlerin. Claras Stimme riss sie aus ihren Überlegungen: »Lübbo tat in letzter Zeit sehr geheimnisvoll. Für uns stand fest, dass wir endlich zusammenleben wollten. Dann wären wir beide enterbt worden, hätten höchstens auf unseren Pflichtteil hoffen können. Mir macht das nichts aus. Sie sehen ja, dass ich mir nicht zu schade zum Arbeiten bin. Ich könnte mein Medizinstudium durch Jobs finanzieren, das traue ich mir zu. Aber mein Freund deutete an, dass er zu einer Menge Geld kommen würde und wir alles hinter uns lassen könnten …«

»Was für eine Einkommensquelle das sein soll, können Sie uns nicht sagen?«

»Nein, Herr Moll. Ich würde es tun, wenn ich es wüsste. – Und mir ist noch jemand eingefallen, der uns das Glück nicht gegönnt hat: Mark Naberhaus.«

»Wer ist das?«, wollte Mona wissen.

»Mein Ex-Freund. Ich habe mit ihm Schluss gemacht, als ich mit Lübbo zusammengekommen bin. Im direkten Vergleich wurde mir klar, was für ein Wichtigtuer und Egozentriker Mark gewesen ist. Er hat es sehr schlecht aufgenommen. ›Eines Tages wirst du zu mir zurückgekrochen kommen!‹ – Das waren exakt seine Worte, als ich ihn das letzte Mal gesehen habe.«

»Ein charmanter Herr«, gab die Kommissarin trocken zurück. Sie wollte Naberhaus so bald wie möglich unter die Lupe nehmen. Zunächst lag ihr noch eine andere Frage auf der Zunge. Sie zeigte auch Clara die Fotos von der Taschenuhr.

»Wir haben diesen Zeitmesser neben der Leiche sichergestellt. Wissen Sie etwas darüber? Wir gehen davon aus, dass Lübbo die Uhr aus dem Ferienhaus seiner Familie mitgenommen hat. Können Sie sich einen Grund dafür vorstellen?«

Die junge Frau wirkte verblüfft. Sie antwortete: »Ich habe diese Uhr noch niemals zuvor gesehen. Lübbo hat nicht darüber gesprochen, da bin ich mir hundertprozentig sicher. Sind Sie sicher, dass er diese Taschenuhr bei sich hatte?«

»Ich weiß es nicht«, gestand Mona. Sie gab Clara eine ihrer Visitenkarten und sagte: »Wir werden weiterhin allen Hinweisen nachgehen. Sie können mich jederzeit anrufen, falls Ihnen noch etwas einfällt oder Sie einfach reden wollen. – Wir lassen den Täter nicht entkommen, das verspreche ich Ihnen.«

Die junge Frau wirkte nicht besonders überzeugt, steckte die Karte aber immerhin in ihre Jeanstasche.

»Wenn Lübbo wirklich einen Befreiungsschlag von den familiären Zwängen geplant hat, dann wird er seinen Vater und Bruder darüber garantiert nicht informiert haben«, meinte Enno, nachdem die beiden den Modeladen wieder verlassen hatten. Er blickte nachdenklich Richtung Nordsee-Horizont. »Es wäre gut, wenn wir uns im Zimmer des Mordopfers noch einmal gründlich umschauen könnten«, meinte er, »aber was die Ausstellung eines Durchsuchungsbeschlusses angeht, sehe ich schwarz.«

»Und das aus dem Mund eines Berufsoptimisten wie dir«, sagte Mona. Doch sie wusste, dass ihr Kollege recht hatte. Dies bestätigte sich, als die beiden einige Zeit später Oltbeck Bericht erstatten mussten. Der Chef starrte die Kommissare an, als ob er an ihrem Verstand zweifelte.

»Sie vermuten, dass Lübbo Fallena sich auf illegale Machenschaften einlassen wollte, um dem Zugriff seiner Sippe zu entkommen? Haben Sie auch nur den geringsten Hinweis, der in diese Richtung deutet?«

»Er hat seiner Freundin zu verstehen gegeben, dass er bald einen Geldsegen zu erwarten hätte und die beiden deshalb gemeinsam durchbrennen könnten«, begann die Ermittlerin, doch der Vorgesetzte fiel ihr ins Wort: »Und daraus konstruieren Sie einen kriminellen Vorsatz? Lübbo Fallena hätte ja auf einen Lottogewinn setzen oder sein Glück in der Spielbank versuchen können, haben Sie daran gedacht? – Nein, Frau Sander – ich werde mich nicht bei der Staatsanwaltschaft blamieren, indem ich mich wegen einer so fadenscheinigen Möglichkeit zu weit aus dem Fenster lehne.«

Oltbeck war jetzt so richtig in Fahrt. Er holte Luft und redete weiter: »Sie sollten Ihre Energie besser darauf verwenden, Felicitas Gruber ihre aussichtslose Lage deutlich zu machen. Die Stalkerin leugnet? Das soll sie von mir aus weiter tun. Sie hatte Motiv und Gelegenheit, eine Zeugin hat sie kurz nach dem Mord in der Nähe des Tatorts gesehen. Ich bin sicher, dass beim Haftprüfungstermin in ihrem Fall Untersuchungshaft verhängt wird.«

»Es gibt einen Ex-Freund von Clara Rudinga, dem sie das Verbrechen zutrauen würde«, warf Enno ein.

Der Chef machte eine ungeduldig wirkende Handbewegung und schnarrte: »Dann klopfen Sie meinetwegen noch ab, wo dieser Kerl sich in der Tatnacht herumtrieb. Vielleicht war er ja gar nicht auf Borkum? Aber verschwenden Sie nicht Ihre Zeit, indem Sie Hirngespinsten nachjagen!«

Mona hielt sich ausnahmsweise zurück. Wenn sie sich jetzt zu unbeliebt machte, würde Oltbeck sie vielleicht sogar von dem Fall abziehen. Und das wollte sie nicht riskieren, denn die harte Nuss war noch lange nicht geknackt. Als die beiden wieder in ihrem Büro waren, sagte sie: »Kann es sein, dass der Chef eine noch miesere Laune hat als üblich? Bei dem Gedanken, sich gleich mit zwei Häuptlingsfamilien anzulegen, fliegen ihm scheinbar die Socken weg! Egal, ich werde jetzt zu Mark Naberhaus erstmal eine POLAS-Abfrage …«

Sie beendete den Satz nicht, denn nun klingelte das Festnetztelefon auf Ennos Schreibtisch. Der Ostfriese nahm den Hörer ab, meldete sich mit Namen und Dienstgrad. Das Gespräch dauerte nur kurz. Er sagte: »Alles klar, Joost. Danke für die Information. Ich komme gleich.«

Der Oberkommissar legte auf.

»War das Joost Clüver?«

»Ja, Mona. Er behauptet, in Felicitas Grubers Zimmer einen versiegelten Umschlag gefunden zu haben. Aber da stimmt etwas nicht. Seine Stimme hörte sich an, als ob er Todesangst hätte.«

Kapitel 16

»Du meinst, dass ihn jemand bedroht?«, vergewisserte die Kommissarin sich.

Er antwortete: »Beweisen kann ich es nicht. Joost und ich sind schon seit Jahren miteinander bekannt, und so wie heute klang er noch nie. Seine Stimme zitterte etwas und wurde kurzzeitig ganz hell. Du hast doch auch schon mit Menschen gesprochen, denen man eine Waffe an den Kopf hält.«

Während die Kommissare miteinander sprachen, eilten sie bereits zum Auto. Enno schaltete das Blaulicht, nicht aber die Sirene ein. Sie rasten zur Richthofenstraße. Falls wirklich eine andere Person bei dem illegalen Vermieter war, sollte diese nicht durch eine Polizeisirene nervös gemacht werden.

»Lass mich an der Ecke aussteigen«, schlug Mona vor. »Ich schleiche mich von hinten ins Haus. Falls du in eine Falle gelockt werden sollst, kannst du etwas Rückendeckung dringend gebrauchen.«

»Ja, das ist eine gute Idee«, brummte der Ostfriese. »Normalerweise sollten wir mit Verstärkung anrücken. Aber zuvor müssten wir Oltbeck davon überzeugen, dass überhaupt eine Gefahrenlage besteht. Und das wird er gewiss völlig anders sehen.«

Er stieg an der Ecke Blanke Fenne in die Eisen. Seine Kollegin riss die Beifahrertür auf und rannte auf Clüvers Haus zu. Die Stelle, wo Enno gehalten hatte, war von den Fenstern des Gebäudes aus nicht einsehbar. Die Kommissarin sprang über einige Zäune. Irgendwo in weiterer Entfernung bellte ein Hund. Sie hoffte, dass sie nicht auf einen neugierigen Nachbarn traf, der sie zur Rede stellen wollte. Doch momentan erblickte sie keine Menschenseele. Als Mona den Garten hinter Clüvers Haus erreicht hatte, zog sie ihre Pistole. Es gab eine schmale Tür, daneben ein mit einer vergilbten Halbgardine versehenes Fenster. Sie schlich näher und stellte sich auf die Zehenspitzen, um ins Innere blicken zu können. Hinter der Tür befand sich offenbar die Küche. Die Tür zum Wohnzimmer war nur angelehnt. Nun konnte man das Schrillen der Klingel hören. Enno schien vor der Vordertür zu stehen. Er hatte wahrscheinlich noch einige Momente lang im Auto gewartet, damit Mona erst ihre Position beziehen konnte. Da die beiden ein eingespieltes Team waren, wussten sie in etwa, wie lang der jeweils andere für eine

Aktion brauchte. Die Kommissarin hätte gern gewusst, was im Haus vor sich ging. Die Fensterscheiben verfügten nur über Einfachverglasung, sie waren alles andere als schallschluckend. Das laute Schellen war nicht zu überhören gewesen, doch nun vernahm Mona eine leise Stimme.

»Mach auf, schlaf nicht ein.«

Eine Männerstimme hatte diese Anweisung ausgesprochen. Und obwohl die Ermittlerin Clüver kaum kannte, wusste sie, dass es nicht er war, der soeben gesprochen hatte. Ennos Befürchtung traf also zu: Der Vermieter befand sich in der Gewalt eines Mannes, der vermutlich bewaffnet war. Mit einem Messer oder einer Schusswaffe? Diese Frage musste zunächst unbeantwortet bleiben. Die Verbindungstür zwischen Küche und Flur stand halb offen. Daher bemerkte die Kommissarin nun zwei schemenhafte Gestalten, die sich eng aneinandergedrückt auf die Haustür zubewegten. Für Enno konnte es gleich ernst werden, wenn es schlecht lief. Umso wichtiger war es, dass Mona schnell und unbemerkt ins Haus kam. Sie schwitzte vor Anspannung. Das Fenster stellte zwar kein unüberwindbares Hindernis dar, aber hinter der Halbgardine konnte man die Umrisse von mehreren Blumentöpfen erkennen. Wenn diese zu Boden gingen, während sie das Fenster aufdrückte, wäre der Täter garantiert gewarnt und konnte sich zu einer unbedachten Aktion hinreißen lassen. Also konzentrierte sich die Ermittlerin auf die Tür. Diese verfügte nicht über ein Sicherheitsschloss. Ähnliche Schließsysteme hatte Mona schon öfter mithilfe einer zurechtgebogenen Haarnadel aufmachen können. Sie versuchte auch diesmal wieder auf diese Weise ihr Glück. Während sie fieberhaft und mäuschenstill arbeitete, hörte sie einen Wortwechsel mit, nachdem die Vordertür mit einem lauten Knarren geöffnet worden war.

»Moin, was ist denn hier los?«

Das war die unverkennbare tiefe Stimme des wuchtigen Ostfriesen.

»Es tut mir leid, Enno …«, wimmerte Clüver, doch ein Unbekannter fiel ihm ins Wort:

»Halt die Klappe! – Und du, Bulle, kommst jetzt schön langsam rein. Und dann ziehst du im Zeitlupentempo deine Knarre, aber nur mit Zeigefinger und Daumen, kapiert?«

»Sie müssen Ihre Pistole nicht auf mich richten«, gab der Oberkommissar ruhig zurück. »Ich will verhindern, dass irgendjemand zu Schaden kommt.«

Mona war sicher, dass diese Information für sie bestimmt war. Also besaß der Täter eine Schusswaffe. Was hatte er vor? Warum diese Geiselnahme? Und warum war Clüver dazu gezwungen worden, bei der Polizei anzurufen? Diese drängenden Fragen musste die Kommissarin zunächst zurückstellen. Wenn sie es nämlich nicht schaffte, unbemerkt die Hintertür zu öffnen, musste Enno ohne Rückendeckung auskommen. Und diesen Gedanken fand sie unerträglich. Nun ertönte ein dumpfer Ton. Sie konnte sich denken, woher er stammte. Ihr Kollege hatte seine Dienstwaffe auf den Boden fallen gelassen.

»Zurücktreten!«, kommandierte der Kriminelle. Gleich darauf lachte er dreckig und höhnte: »Ah, das fühlt sich gut an. Zwei Schießeisen sind doch besser als eins!«

Also hat er sich auch Ennos Pistole geschnappt, dachte Mona, während sie immer noch an dem Schloss herummanipulierte. Falls ihrem Kollegen etwas zustieß, weil sie nicht rechtzeitig zur Stelle war, würde sie nie wieder glücklich werden. Geschweige denn Birte Moll wieder unter die Augen treten können. Sie arbeitete verbissen weiter, damit genau dieser Fall nicht eintrat.

»Was wollen Sie?«

Diese Frage wurde von Enno gestellt. Seine Stimme hörte sich ganz normal an. Er hatte sich schon öfter in bedrohlichen Situationen befunden, wie Mona wusste. Zum Glück bewies er eine gewaltige Nervenstärke, obwohl es gewiss auch ihm nicht gefiel, in die Mündung einer geladenen Waffe blicken zu müssen.

»Du kommst gleich auf den Punkt, Bulle. Das gefällt mir. – Es ist ganz einfach. Ihr habt doch Felicitas eingebuchtet, oder? Du wirst die Süße jetzt aus dem Arrest holen und hierher bringen. Wenn du eine krumme Tour versuchst oder mich anderweitig aufs Kreuz legen willst, dann stirbt die kleine Ratte hier!«

Mit dieser wenig schmeichelhaften Bezeichnung war zweifellos Clüver gemeint. Mona konnte sich vorstellen, dass er Todesängste ausstehen musste. Im Gegensatz zu Enno war er den Umgang mit gewaltbereiten Kriminellen nicht gewöhnt. Die Kommissarin vertraute auf die große Erfahrung und den beruflichen Instinkt ihres lebensklugen Kollegen. Trotzdem wollte sie natürlich die Situation so schnell wie möglich beenden.

Klick.

Das Geräusch war so leise, dass man es kaum hören konnte. Und es entstand dadurch, dass Mona den Schließmechanismus überwunden hatte. Sie drückte die Türklinke herunter und trat in die Küche. Es roch nach Grünkohl und kaltem Zigarettenrauch. Ob Enno schon wusste oder ahnte, dass sie im Anmarsch war? Sie bewegte sich auf Zehenspitzen vorwärts, die Pistole hielt sie schussbereit. Trotzdem hoffte Mona natürlich darauf, die Dienstwaffe nicht einsetzen zu müssen.

»Das wird nicht ganz einfach sein«, sagte der Oberkommissar zu dem Verbrecher, »mein Chef hat bereits veranlasst, dass Felicitas Gruber aufs Festland überstellt wird.«

Diese Aussage war glatt gelogen, wie Mona wusste. Enno wollte Zeit gewinnen. Die drei Männer standen im Eingangsbereich des Hauses. Der Unbekannte hatte der Kommissarin zum Glück den Rücken zugedreht, während der hochgewachsene Enno über den Kopf des Pistolenmannes hinweg in ihre Richtung blickte. Natürlich ließ er es sich nicht anmerken, dass er ihr Erscheinen registriert hatte. Doch es gab ja noch Clüver, dessen Nerven eindeutig nicht so gut waren. Er stand quer zu dem Oberkommissar und dem Kriminellen. Sein Gesicht war knallrot, die Stirn schweißnass. Clüver warf Mona einen flehenden Blick zu. Sie durchquerte gerade das Wohnzimmer und befand sich noch ungefähr zwei bis drei Meter von dem Täter entfernt. Jetzt schien der Kerl Verdacht zu schöpfen. Er sagte zu Clüver: »Warum glotzt du denn plötzlich so blöd?«

Und er schien sich umdrehen zu wollen. Jetzt hatte Mona die letzte Chance, das Überraschungsmoment zu nutzen. Sie schnellte vorwärts, packte mit ihrer freien Hand den Waffenarm des Mannes und zog ihn nach hinten. Gleichzeitig trat sie ihm in die Kniekehlen, um ihn zu Boden zu bringen. Mit dieser Attacke hatte er nicht gerechnet. Er landete auf dem Bauch, die Kommissarin lag auf ihm. Und mit einem Tempo, das kein Außenstehender einem so großen und schweren Mann zugetraut hätte, griff Enno ein und entwand dem Angreifer die Pistole. Der Kerl schrie vor Wut auf und zappelte wild. Doch er konnte nicht verhindern, dass die Kommissare ihm wenig später Handschellen anlegten. Enno holte sich seine Dienstwaffe zurück, die vorn im Hosenbund des Kriminellen gesteckt hatte.

Kapitel 17

Der Oberkommissar begann damit, den Festgenommenen zu durchsuchen. Mona führte Clüver in die Küche. Seine Gesichtshaut war jetzt nicht mehr gerötet, sondern bleich. Er schien ziemlich durcheinander zu sein. Trotzdem wollte die Ermittlerin von ihm erfahren, was sich ereignet hatte. »Sie sollten etwas trinken«, sagte sie und ging zum Kühlschrank. Darin befand sich eine Flasche Mineralwasser.

Der Vermieter schüttelte den Kopf. »Ich brauche etwas Stärkeres, Frau Sander.«

Der Weizenkorn, den er aus dem Küchenregal holte, schien ihm eher zuzusagen. Er goss ein Glas mit der Spirituose voll und leerte es in einem Zug. Mona blieb bei dem Wasser. Sie fragte: »Wie sind Sie in die Gewalt dieses Mannes geraten?«

»Er klingelte vorhin bei mir. Ich öffnete ganz arglos, da hielt er mir schon seine Pistole vor das Gesicht. Er wollte unbedingt mit Felicitas Gruber sprechen. Ich behauptete, sie nicht zu kennen. Aber er durchschaute meine Lüge. Ich glaube, der Kerl ist zu allem fähig. Also zeigte ich ihm ihr Zimmer und erzählte ihm, dass die Polizei sie verhaftet hätte. Daraufhin zwang er mich dazu, Enno anzurufen und zu behaupten, dass ich etwas Wichtiges gefunden hätte.«

»Das traf aber nicht zu, oder?«, vergewisserte Mona sich.

»Nein, es war ein Vorwand. Ich musste das tun, sonst hätte dieser Pistolenmann mich umgebracht.«

»Haben Sie ihn zuvor schon einmal gesehen?«

Clüver verneinte Monas Frage und trank sein Schnapsglas erneut leer. Die Kommissarin ging zu ihrem Kollegen hinüber, der die Durchsuchung inzwischen beendet hatte. Enno hielt einen Personalausweis zwischen Daumen und Zeigefinger. Er sagte: »Der Täter heißt Paul Rehberg, wohnhaft in Bremerhaven.«

»Soso.« Mona kniete sich hin, um dem immer noch auf dem Boden liegenden Mann besser in die Augen schauen zu können. Er war schätzungsweise dreißig Jahre alt, trug eine graue Jeans und eine dunkle Wetterjacke. Mit seiner Durchschnittsgröße und -figur sowie den kurzgeschnittenen hellbraunen Haaren wirkte er nicht besonders einprägsam. Ein unauffälliger Mensch, den man schnell wieder vergaß.

Es sei denn, man wird von ihm mit einer Schusswaffe bedroht, dachte die Kommissarin grimmig.

»Was wollten Sie mit diesem Auftritt bezwecken, Rehberg? Warum ist es für Sie so wichtig, dass Felicitas Gruber freikommt?«

Er warf der Kommissarin einen grimmigen Blick zu, doch seine Lippen blieben verschlossen.

»Ah, Sie wollen den großen Schweiger spielen? Mir soll es recht sein. Ich verhafte Sie hiermit wegen Nötigung und Bedrohung eines Polizeibeamten mit einer tödlichen Waffe. Sie müssen sich nicht selbst belasten und können einen Rechtsanwalt hinzuziehen.«

Der Täter zog es weiterhin vor, keine Reaktion zu zeigen. Die Kommissare stellten ihn mit vereinten Kräften auf die Beine.

»Bitte kommen Sie morgen auf die Wache, um Ihre Aussage zu machen.« Mit diesen Worten verabschiedete sich Mona von Clüver, der sichtlich erleichtert darüber war, unverletzt mit dem Schrecken davongekommen zu sein. Ihrer Meinung nach würde er sich noch den einen oder anderen Schnaps genehmigen. Enno setzte sich zu dem Täter auf die Rückbank des Dienstwagens, und sie fuhren zur Polizeistation. Dort bezog Rehberg eine der Arrestzellen. Die Kommissarin machte mit ihrem Smartphone ein Foto von ihm.

»Bitte recht freundlich!«, sagte sie grinsend. Doch an seinem mürrischen Gesichtsausdruck änderte sich nichts. Mona schloss die Metalltür und suchte nun die Zelle auf, in der Felicitas Gruber saß. Die junge Frau hockte auf ihrer Pritsche und brütete vor sich hin. Sie wirkte lethargisch und matt.

»Heraustreten!«, kommandierte die Ermittlerin.

»Bin ich frei?«

»Ein guter Witz! – Nee, aber es gibt jetzt eine kleine Plauderstunde für Sie.«

Die Mordverdächtige schaute die Kriminalistin an, als ob sie an einen schlechten Scherz glaubte. Doch sie erhob sich und trottete hinter Mona her. Felicitas Gruber durfte auf dem Besucherstuhl der Kommissarin Platz nehmen. Nun gesellte sich auch Enno zu den beiden Frauen. Er hatte Tee gekocht, den er nun servierte. Felicitas Gruber trank schlürfend einige Schlucke. Sie schien keine Ahnung zu haben, was die Beamten von ihr wollten. Mona packte den Stier bei den Hörnern, indem sie das Bild des Festgenommenen präsentierte.

»Wer ist das, Frau Gruber?«

Die Verdächtige verschluckte sich an dem Tee und bekam einen Hustenanfall. Ihr Gesicht nahm die Farbe eines gekochten Hummers an. Es dauerte einen Moment, bis sie wieder sprechen konnte: »D-das ist Paul Rehberg! Wo ist die Aufnahme entstanden? Ist er hier?«

»Wir stellen die Fragen. – Woher kennen Sie diesen Mann?«

Monas Erwiderung schien Felicitas Gruber nicht zu gefallen. Jedenfalls gab sie keine Antwort und wich dem Blick der Kommissarin aus. Die Ermittlerin lehnte sich in ihrem Bürostuhl zurück und sagte: »Sie wollen nicht reden. Gut, dazu können wir Sie nicht zwingen. – Ich werde Ihnen sagen, was ich denke. Paul Rehberg hat Ihnen Unterschlupf gewährt, nachdem Sie Ihr Studium hingeworfen haben. Vielleicht haben Sie ihm sogar bei seinem Broterwerb geholfen. Noch wissen wir nicht, womit er sein Geld verdient. Das bekommen wir noch heraus, es ist nur eine Frage der Zeit.«

Felicitas Grubers Gesichtsausdruck bewies, dass die Kommissarin den Nagel auf den Kopf getroffen hatte. Sie war so verblüfft, dass sie wieder den Mund öffnete: »Ja, ich kenne Paul. Ist er auf Borkum? Ich habe ihm ganz bestimmt nicht verraten, dass ich hierher wollte!«

»Und er weiß auch nichts von Ihrer Leidenschaft für Lübbo Fallena?«, hakte Mona nach.

»Doch, ich gestand ihm … aber wieso ist das wichtig … was sollte Paul mit Lübbo zu schaffen haben …?«, stammelte die Verdächtige.

Enno schlug vor: »Berichten Sie uns doch einfach, wie Sie Rehberg überhaupt kennengelernt haben.«

»Nachdem Lübbo dazu gebracht wurde, mich anzuzeigen, ging es mir schlecht. Und als ich meine Geldstrafe bezahlt hatte, war ich so gut wie pleite. Ich ließ mich treiben und ertränkte meinen Kummer im Alkohol. So lernte ich Paul kennen. Er war gerade in Münster, auf Geschäftsreise.«

»Geht das etwas konkreter?«

»Er spielte erst den Geheimnisvollen, Frau Sander. Später sagte er mir, dass er sich auf den Internethandel mit Medikamenten spezialisiert hätte. Er kam mit einer Ladung Potenzpillen aus Belgien, die er später von Bremerhaven aus versenden wollte. Und Paul übernachtete in Münster, weil ihm die Fahrt zu lang war. Andernfalls hätten wir uns nie kennengelernt. – Er ist kein Traummann wie Lübbo, aber irgendwie mochte ich ihn. Er muss verstanden haben, dass ich dringend einen Tapetenwechsel brauchte. Er bot mir spontan an, ihn nach Bremerhaven zu begleiten.«

»Diese Tabletten sind normalerweise verschreibungspflichtig«, stellte Mona fest, »und Ihr Freund kommt mir nicht gerade wie ein lizenzierter Pharmahändler vor.«

»Paul ist nicht mein Freund!«, beteuerte Felicitas Gruber. »Ich fand seine Gesellschaft ganz angenehm, aber es ist nie etwas zwischen uns gelaufen. Das müssen Sie mir glauben.«

»Das mag schon sein«, erwiderte die Kommissarin, »aber Paul Rehberg wollte Ihren Vermieter Joost Clüver als Geisel nehmen, um Sie aus dem Polizeigewahrsam freizupressen. So ganz gleichgültig können Sie ihm also nicht sein.«

Die Mordverdächtige starrte erst Mona, dann Enno an. Ob sie glaubte, dass die Ermittler sich über sie lustig machen wollten? Die beiden blieben jedenfalls ernst, und Felicitas Gruber schüttelte heftig den Kopf. Sie sagte: »Paul … muss den Verstand verloren haben, eine andere Erklärung gibt es nicht!«

»Woher wusste Paul Rehberg eigentlich, dass Sie nach Borkum wollten? Und woher kannte er Ihre Unterkunft bei Joost Clüver?«

Der Oberkommissar stellte diese Fragen. Felicitas Gruber drehte sich zu ihm und antwortete: »Ich habe es ihm nicht auf die Nase gebunden, das können Sie mir glauben. Ich habe allerdings im Internet Fährverbindungen recherchiert und herausgefunden, wo ich eine Bleibe finden kann. Paul muss irgendwie Zugang zu meinem Telefon haben.«

Darüber wunderte Mona sich nicht. Wer illegal mit verschreibungspflichtigen Medikamenten handelte, hatte gewiss auch keine Hemmungen, eine heißbegehrte Frau auszuspionieren. Die Kommissarin schaute die Stalkerin prüfend an. Ob nicht Felicitas Gruber, sondern Paul Rehberg Lübbo Fallena erstochen hatte? Mona hakte nach: »Wusste Paul Rehberg, dass Sie in Lübbo verliebt waren?«

»Ja, natürlich. Daraus habe ich nie ein Geheimnis gemacht. Paul war ja erstaunt darüber, dass ich so mir nichts, dir nichts in Münster alle Brücken hinter mir abgebrochen habe und ihm nach Bremerhaven gefolgt bin. Da erzählte ich Paul natürlich, dass Lübbo die Liebe meines Lebens ist und ich wegen meiner Gefühle in Schwierigkeiten geraten bin.«

So kann man es auch nennen, dachte die Kommissarin. War diese Frau blind dafür gewesen, was Paul Rehberg für sie empfunden hatte?

Kapitel 18

Mona brachte Felicitas Gruber zunächst wieder in die Arrestzelle. Die Kommissare beschlossen, Paul Rehberg zunächst über Nacht hinter Gittern schmoren zu lassen. Es würde sich zeigen, ob er am nächsten Morgen zu einer Aussage bereit war.

»Sollten wir der Mordverdächtigen unrecht getan haben?«, dachte Enno laut nach, als seine Kollegin ins Dienstzimmer zurückkehrte. »War gar nicht sie, sondern Rehberg für Lübbos Tod verantwortlich?«

»Daran habe ich auch gedacht, obwohl es auch bei dieser Variante einige Ungereimtheiten gibt. – Woher soll Rehberg von der Feindschaft zwischen den beiden Familien gewusst haben? Das ist ja die Voraussetzung dafür, dass der Täter den Dolch klaut, um den Verdacht auf die Rudingas zu lenken. Und warum geht Rehberg nicht sofort zu Felicitas, nachdem sie die Leiche gefunden hat und sich in ihrem Schockzustand volllaufen lässt? Das wäre doch für ihn die Gelegenheit gewesen, ihr seine männliche Schulter zum Ausheulen anzubieten.«

Der Ostfriese hob den Zeigefinger: »Ja, die Sache mit dem Dolch passt nicht. Außerdem: Wir vermuten ja, dass Lübbo sich mit seinem späteren Mörder am Strand verabredet hat. Aus welchem Grund sollte er sich mit Rehberg treffen? Sicher, der Kerl kann sich einen Vorwand ausgedacht haben. Das kommt mir trotzdem unwahrscheinlich vor. Und was die Sache mit der männlichen Schulter angeht: Rehberg wäre gewiss gern Felicitas' neuer Favorit geworden. Dann hätte er aber erklären müssen, warum er sich ausgerechnet jetzt rein zufällig auf Borkum befindet. Cleverer wäre es gewesen, wenn er unauffällig verschwindet und darauf hofft, dass seine Herzdame zu ihm nach Bremerhaven zurückkehrt.«

»Rehberg ist ein undurchsichtiger Typ, er hat uns gewiss noch nicht alles verraten, was er weiß«, meinte Mona und gähnte verhalten. »Morgen kann er im Verhör richtig auspacken, dann sehen wir hoffentlich klarer. Oltbeck wird jedenfalls begeistert davon sein, dass wir diesen Vogel unblutig festnehmen konnten.«

*

Mit dieser Einschätzung behielt die Kommissarin recht. Als die Kommissare am nächsten Morgen von Rehbergs Verhaftung berichteten, zeigte sich der Dienststellenleiter sehr zufrieden: »Das war wirklich gute Arbeit, Frau Sander und Herr Moll! Also haben wir es mit einem richtigen Gangsterpärchen zu tun, das auch andere Delikte auf dem Kerbholz hat?«

»Zumindest die Sache mit den importierten Medikamenten wird den Zoll und die Kollegen vom Betrugsdezernat im LKA gewiss interessieren«, meinte Mona. »Was den Mord an Lübbo Fallena angeht, hat der Verdächtige sich gestern noch nicht geäußert. Wir hoffen, dass er heute gesprächiger sein wird.«

Enno ergänzte: »Wir haben es jedenfalls nicht mit einem unbeschriebenen Blatt zu tun. Ich habe mir gerade noch Rehbergs Vorstrafenregister online betrachtet. Er ist wegen Betrugs sowie Unterschlagung verurteilt worden. Und für die Pistole, mit der er Clüver und mich bedroht hat, besitzt er keinen Waffenschein.«

»Machen Sie dem Mann deutlich, dass er seine Lage durch ein umfassendes Geständnis nur verbessern kann«, forderte der Chef. »Da Rehberg schon mit der Justiz zu tun hatte, wird er begreifen, dass verstockte Angeklagte bei den Richtern nicht besonders beliebt sind.«

»Wir müssen zunächst herausfinden, ob der Verdächtige zur Tatzeit überhaupt schon auf Borkum war«, erinnerte Mona. »Falls nicht, dürfte sich der Mordvorwurf gegen ihn erledigt haben.«

Oltbeck warf ihr einen gereizten Blick zu und sagte: »In dem Fall wird es wohl seine angebetete Felicitas Gruber gewesen sein! Machen Sie die Dinge nicht unnötig kompliziert, Frau Sander. Am besten holen Sie sich ein Geständnis dieses Menschen, damit wir unsere Erkenntnisse endlich an die Staatsanwaltschaft weiterleiten können!«

Mit diesen Worten beendete der Vorgesetzte die Besprechung. Die Kommissare gingen zum Verhörraum hinüber. Als sie dort angekommen waren, meinte Mona: »Oltbeck scheint allmählich etwas ungeduldig zu werden. Dabei sollte er froh sein, dass wir so gründlich recherchieren. Täten wir das nicht, könnte uns Rehbergs Strafverteidiger die Akte um die Ohren hauen.«

Enno nickte. Er hatte veranlasst, dass Polizeimeister Claas Lammer den Verdächtigen zu ihnen brachte. Rehberg wirkte noch genauso missmutig wie am Vorabend. Darüber wunderte Mona sich nicht, denn seine Befreiungsaktion für Felicitas Gruber war schließlich grandios schiefgelaufen.

»Haben Sie eigentlich nur einen einzigen Gesichtsausdruck?«, fragte sie ihn. »Sie sollten lieber mal lächeln, denn wir geben Ihnen die Chance, Ihre Unschuld zu beweisen.«

Rehberg ließ sich auf den einzigen freien Stuhl in dem fensterlosen Raum fallen. Er saß nun am Tisch den beiden Ermittlern gegenüber.

»Wollen Sie mich verschaukeln?«, knurrte er. »Ich habe Ihren Kollegen und diesen schmierigen Vermieter mit meiner Knarre bedroht. Dafür fahre ich auf jeden Fall ein.«

Immerhin spricht er nun mit uns, dachte Mona. Sie sagte: »Sie kennen sich ja prächtig aus, Rehberg. Angesichts Ihrer Vorstrafen wundert mich das nicht. Aber uns interessiert momentan vor allem brennend, ob Sie Lübbo Fallena umgebracht haben oder nicht.«

»Lübbo – ist tot?!«, stieß der Ganove ungläubig hervor.

»Haben Sie was an den Ohren?! Das sagte ich doch gerade eben!«, erwiderte die Kommissarin genervt.

Rehberg senkte das Kinn auf die Brust. Er murmelte: »Ich weiß nicht, ob ich mich wirklich über diese Neuigkeit freuen soll. Felicitas hat mir immer damit in den Ohren gelegen, wie toll dieser Kerl wäre und dass er ihr unendlich viel bedeuten würde. Jetzt ist er nicht mehr da – aber sie sitzt trotzdem tief in der Tinte, oder?«

Die Kommissare gingen nicht auf die Frage ein. Enno fing ganz von vorn an, indem er Mona und sich selbst vorstellte und Rehberg fragte, ob er einen Rechtsanwalt hinzuziehen wollte.

Der Verdächtige schüttelte den Kopf: »Nee, Herr Moll. Das wird nicht nötig sein. Wegen der Sache gestern Abend werde ich wohl wieder in den Knast müssen, aber das nehme ich in Kauf. Aber Lübbo habe ich nicht umgebracht.«

»Wirklich nicht?«, gab Mona zurück. »Dabei hatten Sie doch allen Grund dazu, oder? Sie haben sich in Felicitas Gruber verliebt – und sie liegt Ihnen die ganze Zeit lang damit in den Ohren, dass es für sie nur Lübbo Fallena gibt.«

»So war das überhaupt nicht!«, begehrte der Verdächtige auf.

»Dann erzählen Sie uns einfach, wie die Dinge wirklich abgelaufen sind«, forderte die Kommissarin.

Rehberg sagte: »Ich lernte Felicitas in Münster kennen, in einer Bar. Sie gefiel mir sofort, also sprach ich sie an. Eigentlich bin ich nicht so ein Typ, bei dem die Frauen reihenweise schwach werden.

Aber sie weckte meinen Beschützerinstinkt. Ich wollte sie unbedingt kennenlernen. Felicitas wirkte so … verletzlich. Sie wirkte auf mich einsam und verloren.«

Dieser Mann schien wirklich etwas für die verwirrte Stalkerin zu empfinden. Zumindest Mona glaubte nicht, dass er ihnen eine Schmierenkomödie vorspielte. Eine Person aus dem Polizeigewahrsam freipressen zu wollen, war eine reichlich riskante Aktion – sogar für einen vorbestraften Kriminellen. Aber Rehberg hatte das Risiko Felicitas Gruber zuliebe auf sich genommen. Als Mona den Kriminellen am Vortag zum ersten Mal sah, wirkte er brutal und entschlossen. Jetzt zeigte er sich von einer ganz anderen Seite.

»Sprechen Sie weiter«, forderte sie ihn auf.

Das tat er: »Felicitas schien von diesem Lübbo besessen zu sein, sie kannte kein anderes Thema. Ich wusste zunächst gar nicht, wen sie meinte. Anfangs glaubte ich, Lübbo wäre ein Haustier – ein Hund oder eine Katze. Ich meine, welcher Mann heißt denn schon Lübbo?«

»Ein friesischer Mann«, warf Enno ein, »und hierzulande ist das ein ganz normaler Name.«

»Das habe ich im Lauf der Zeit auch mitbekommen, Herr Moll. Vor allem, nachdem ich von Felicitas erfuhr, dass er aus einer Adelsfamilie stammt. Mir war seine Herkunft ehrlich gesagt egal. Es machte mich nur unendlich sauer, dass es einer so tollen Frau wegen diesem Dreckskerl so schlecht ging.«

»Eigentlich hätten Sie Lübbo Fallena dankbar dafür sein müssen, dass er nichts von Felicitas Gruber wissen wollte«, gab Mona zu bedenken, »denn dadurch bekamen Sie ja Ihre Chance bei ihr!«

Die Kommissarin forderte den Verdächtigen mit ihren Worten bewusst heraus. Falls er wirklich der Mörder war, würde er sich vielleicht unbewusst verraten. Noch war sie sich darüber im Unklaren, was sie von seiner Rolle zu halten hatte. Rehberg schien sich jedenfalls nicht mehr in sein Schneckenhaus zurückziehen zu wollen. Er ging in die Offensive: »Was denken Sie eigentlich von mir? Ich bin nicht so ein Finsterling, der eine Situation ausnutzt. Felicitas und ich haben nie miteinander geschlafen, wenn Sie es unbedingt wissen wollen!«

»Sie *möchten* aber gern mit dieser Frau zusammen sein«, sagte Mona ihm auf den Kopf zu, »ich muss keine Psychologin sein, um das zu erkennen. Und die einzige Person, die Ihnen im Weg stand, lebt nun nicht mehr. Ich kann mir kaum ein überzeugenderes Mordmotiv vorstellen.«

Rehberg schüttelte den Kopf und entgegnete: »Sie liegen völlig falsch. Durch Lübbos Tod haben sich meine Chancen verschlechtert, verstehen Sie das nicht? Felicitas wird diesen Kerl nun erst recht vergöttern. Da er nicht mehr lebt, kann er sie nicht mehr zurückstoßen. Sie wird ihn bis in alle Ewigkeit anhimmeln.«

So, wie Mona diese Frau bisher erlebt hatte, konnte der Verdächtige mit dieser Einschätzung durchaus recht haben. Es fragte sich nur, ob ihm diese Erkenntnis bereits gekommen war, *bevor* Lübbo Fallena sterben musste.

»Wie brachten Sie Felicitas Gruber dazu, Ihnen von Münster bis nach Bremerhaven zu folgen?«, wollte Enno wissen.

»Ich bin selbst erstaunt, dass sie sich so einfach darauf einließ«, behauptete Rehberg. »Ihr Leichtsinn war für mich ein weiterer Beweis für ihre Verzweiflung. Stellen Sie sich nur vor, was Felicitas hätte passieren können, wenn sie an einen Kerl mit üblen Absichten geraten wäre!«

»Hören Sie sich eigentlich selber zu?«, fauchte Mona. »Gestern haben Sie meinen Kollegen und Joost Clüver noch mit einer geladenen Waffe bedroht – und heute geben Sie sich als edler Ritter in schimmernder Rüstung aus?«

»Ich weiß selbst, dass ich kein Chorknabe bin, Frau Sander. Aber ich hätte Felicitas niemals ein Haar krümmen können. Ich wollte ihr beweisen, dass ich anständig bin. Wir fuhren nach Bremerhaven, in meine Wohnung. Sie bezog mein Schlafzimmer, ich pennte auf der Couch. Und ich gab ihr Geld. Damit sie sich nicht von mir ausgehalten fühlte, durfte sie mir bei der Arbeit helfen.«

»Sie sprechen vom illegalen Versand verschreibungspflichtiger Pillen?«, vergewisserte die Kriminalistin sich.

Der Verdächtige zuckte mit den Schultern und antwortete: »Ich hatte nie das Gefühl, etwas Verbotenes zu tun. Diese Medikamente wirken, auch wenn sie nie von einem Weißkittel verschrieben wurden.«

»Diese Rechtfertigung können Sie sich für Ihren Betrugsprozess aufheben«, sagte die Kommissarin. »Uns interessiert vor allem, wieso Felicitas plötzlich wieder verschwand.«

»Das wüsste ich auch gern«, behauptete Rehberg. Er fuhr fort: »Ich hatte gehofft, dass sie mit der Zeit über Lübbo hinwegkommen würde. Das war wohl eine Illusion. Eines Morgens war sie fort, ohne eine Erklärung. – Und ich schwöre Ihnen, dass es vorher zwischen uns keinen Streit gab.«

»Gehen wir mal davon aus, dass Sie in diesem Punkt die Wahrheit sagen«, meinte Enno. »Und woher wussten Sie, dass Felicitas Gruber nach Borkum wollte?«

Der Verbrecher antwortete nicht sofort. Nach einer Weile murmelte er: »Ich hatte sicherheitshalber eine Spionagesoftware auf ihrem Handy installiert. Daher konnte ich ihr folgen.«

»Wann sind Sie denn auf der Insel eingetroffen?«

»Am 28. September, Herr Moll.«

Mona lachte, aber sie klang nicht amüsiert: »Wissen Sie, wie unglaubwürdig das klingt? Sie betonen uns gegenüber lang und breit, wie sehr Sie in Felicitas Gruber verliebt seien – und dann lassen Sie sich mit der Verfolgung so viel Zeit? Die Frau war doch schon ein paar Tage auf Borkum, bevor Sie angeblich eingetroffen sind.«

Rehberg rief: »Ich habe nicht gelogen! Aber ich musste erst eine neue Medikamentenlieferung aus Belgien abholen, bevor ich mich auf den Weg zur Insel machen konnte. Meine Geschäftspartner verstehen keinen Spaß, und in meiner Branche ist nur Barzahlung möglich. An dem Termin war nicht zu rütteln, obwohl ich versucht habe, einen Aufschub zu bekommen. Dadurch ging wertvolle Zeit verloren, aber letztlich wusste ich dank der Spy-App, wo ich Felicitas finden würde. Sie war bei Clüver untergekommen. Ich ging zu ihm. Er wurde nervös, da hielt ich ihm meine Knarre vor die Nase.«

»Daraufhin wird er sich bestimmt beruhigt haben!«, höhnte die Kommissarin. »Wozu brauchten Sie die Pistole überhaupt? Wollten Sie Felicitas Gruber mit vorgehaltener Waffe zurück nach Bremerhaven schaffen?«

»Natürlich hatte ich das nicht vor! Aber vielleicht wäre mir dieser Lübbo in die Quere gekommen. Da hielt ich es für besser, eine Lebensversicherung bei mir zu haben. – Jedenfalls quetschte ich Clüver aus. Von ihm erfuhr ich, dass Sie Felicitas verhaftet hatten. Dieser Gedanke war für mich unerträglich. Ich musste sie freibekommen. Also zwang ich Clüver, bei Ihnen anzurufen. Er sollte Sie unter einem Vorwand in sein Haus locken.«

»Wie diese Aktion ausgegangen ist, wissen wir ja nun alle«, stellte Mona nüchtern fest. »Können Sie eigentlich beweisen, dass Sie erst am 28. September hier eingetroffen sind, beispielsweise durch ein Fährticket?«

»Das habe ich gleich weggeworfen, als ich auf der Insel ankam«, lautete die Antwort.

»Wie kommt es, dass ich jetzt nicht überrascht bin?«, spottete Mona.

Rehberg beugte sich vor und sagte: »Ich sage die Wahrheit, Sie werden schon sehen! Herr Moll hat mein Smartphone beschlagnahmt, als er mich gestern durchsucht hat. Lesen Sie einfach das Bewegungsprofil aus. Dann können Sie genau nachvollziehen, wann ich wo gewesen bin.«

Die Kommissarin ärgerte sich, weil ihr diese Möglichkeit nicht selbst eingefallen war. Enno holte das Gerät, und Rehberg entsperrte es mit seinem Fingerabdruck. Es dauerte nicht lange, bis sich die Behauptung des Verdächtigen bestätigte: Während der Nacht vom 27. auf den 28. September war Rehberg auf der Autobahn unterwegs gewesen.

Er konnte Lübbo Fallena nicht getötet haben.

Kapitel 19

»Immerhin können wir diesen Verdächtigen nun ausschließen«, sagte Enno, nachdem er Rehberg zurück in die Zelle gebracht hatte. Der Kriminelle sollte noch am selben Tag aufs Festland transportiert werden, damit ein Richter über die Verhängung von Untersuchungshaft entschied. Wegen der anderen Delikte, die Felicitas Grubers Verehrer begangen hatte, würde er sich auf jeden Fall vor Gericht verantworten müssen. Dadurch kamen die Ermittler bei der Lösung des Mordfalls keinen Schritt weiter.

»Warum hat Lübbo Fallena die Taschenuhr mit an den Strand genommen?«, dachte Mona laut nach. »Dafür muss es einen Grund geben, den wir noch nicht verstanden haben.«

Die beiden Kommissare saßen einander wieder in ihrem Büro gegenüber. Die Tür wurde aufgerissen, und Grietje warf schwungvoll eine Mappe auf Monas Schreibtisch.

»Die Dienstpost ist da!«, verkündete die Polizeimeisterin und war schon wieder verschwunden. Kopfschüttelnd schlug die Kommissarin den Pappdeckel auf.

»Enno, hier sind endlich die Einzelverbindungsnachweise von Lübbos Smartphone!«

Mona hatte zwischenzeitlich immer wieder versucht, das Gerät des Ermordeten zu orten und anzurufen. Doch es hatte niemals geklappt. Vermutlich war die SIM-Karte durch den Mörder zerstört worden. Umso wichtiger war es, nun seine Telefonkontakte vor seinem Tod überblicken zu können. Eine Nummer konnte Mona schnell zuordnen. Sie gehörte zu Clara Rudingas Smartphone. Lübbo hatte mit seiner Freundin vorzugsweise nachts gesprochen, und die Telefonate hatten meist länger als zehn Minuten gedauert. Das war nachvollziehbar, denn die Verliebten wollten ja ihre Beziehung vor den Familien geheim halten. Dass dies nicht geklappt hatte, stand auf einem anderen Blatt. Auch drei andere Ziffernfolgen erschienen nicht verdächtig. Mona rief dort jeweils an. Sie bekam es mit jungen Männern zu tun, die gemeinsam mit Lübbo studiert hatten und ebenfalls an der Universität Münster eingeschrieben waren. Keiner von ihnen kam ihr verdächtig vor. Die Studenten hatten ausnahmslos noch nichts von Lübbos Tod mitbekommen und reagierten entsprechend geschockt. Und dann gab es noch eine Nummer, die der Vorwahl nach zu urteilen zu einem niederländischen Prepaid-Handy zu gehören schien. Mona versuchte auch dort ihr Glück: »*Deze Telefoonlijn is tijdelijk niet beschikbaar*«, sagte eine weibliche Roboterstimme.

»Kein Anschluss unter dieser Nummer!«, schimpfte die Kommissarin und warf ihr Smartphone auf den Tisch. »Das wäre ja auch zu schön gewesen, um wahr zu sein!«

»Wann hatte Lübbo denn zum letzten Mal mit dem Teilnehmer Kontakt, Mona?«

»Am 27. September um 21.03 Uhr, also ein paar Stunden vor seinem Tod. Und das Gespräch dauerte nur 22 Sekunden.«

»Wenn das so ist, dann wird Lübbo durch diesen Anruf zum Strand gelockt worden sein«, vermutete der Oberkommissar. »Clara würde ich als Tatverdächtige inzwischen ausschließen. Warum sollte sie umständlich mit einem Zweitgerät anrufen, wenn sie ansonsten so eifrig mittels ihres eigenen Smartphones den Kontakt zu ihrem Freund hielt? Das ergibt keinen Sinn. – Was für eine Motivation hatte Lübbo, sich auf so ein nächtliches Treffen einzulassen? Es könnte am ehesten mit dem Geld zu tun haben, das Lübbo Clara für ihre gemeinsame Zukunft in Aussicht gestellt hatte.«

Mona spann den Gedanken weiter: »Ja, Lübbo muss in eine Falle gelockt worden sein! Und von wem? Es gibt einen Verdächtigen, den wir bisher noch nicht durchleuchtet haben: Mark Naberhaus, Claras Ex-Freund. – Kannten die beiden Männer einander überhaupt? Nur, weil Clara wegen Lübbo mit Mark Schluss gemacht hat, müssen sie sich ja nicht begegnet sein. Naberhaus könnte Wind davon bekommen haben, dass die beiden sich von ihren Familien abwenden und durchbrennen wollten. Daraufhin macht er Lübbo ein vermeintlich lukratives Angebot, natürlich unter falschem Namen. Vorher klaut er den Dolch, weil er nicht nur seinen Rivalen töten, sondern auch Claras Familie ins Unglück stürzen will. Mit dieser Waffe will er unseren Verdacht in die passende Richtung lenken. Lübbo ist völlig arglos, die Aussicht auf ein gemeinsames Leben mit Clara vernebelt ihm den Verstand. Naberhaus entkommt unerkannt, was bei der Finsternis am Strand keine Kunst war. Er musste nur nicht zu der Partygruppe, sondern in die entgegengesetzte Richtung laufen. So gab es auch keine Begegnung mit Felicitas Gruber, die wenig später eintraf und bloß noch Lübbos Tod feststellen konnte.«

»Ja, das klingt alles sehr plausibel«, erwiderte der Oberkommissar. »Es wird Zeit, dass wir mit Naberhaus ein ernstes Wörtchen sprechen.«

Mona tippte bereits den Namen des Verdächtigen in ihren PC.

»In den polizeilichen Datenbanken finde ich keinen Eintrag«, stellte sie fest, »stattdessen ist der Knabe in den sozialen Medien umso aktiver. Er scheint jedenfalls nicht an mangelndem Selbstbewusstsein zu leiden. Hier gibt es etliche Hochglanzfotos, die Naberhaus beim Windsurfen und in Strandbars zeigen, stets in Begleitung von attraktiven jungen Damen in Mikrobikinis.«

»Mikrobikinis – was soll das denn sein?«, fragte Enno.

Mona blinzelte ihm zu und erwiderte: »Nichts, was einen glücklich verheirateten Mann wie dich interessieren sollte. – Nein, ernsthaft: Naberhaus verkauft sich selbst als dynamischen Erfolgsmenschen, der auf der Überholspur lebt.«

»Hat er auch einen Job oder gilt *Erfolgsmensch* heutzutage schon als Berufsbezeichnung?«

Die Kommissarin lachte und antwortete: »Nee, er nennt sich Immobilienberater.«

Der Oberkommissar meinte: »Das ist so eine Gummibezeichnung, die mir überhaupt nichts sagt. – Lass uns mal mit Tammo Steen schnacken, der kennt den Grundstücksmarkt auf den Inseln und an der Küste in- und auswendig. Ist Naberhaus eigentlich auf Borkum ansässig?«

»Ich bin mir nicht sicher. Die Fotos sind offensichtlich auf unserer Insel, aber auch auf Juist, Wangerooge und Norderney entstanden. Hier ist auch eine Mobilnummer des Sonnyboys verzeichnet, aber ich möchte Naberhaus lieber spontan auf die Pelle rücken, damit er sich nicht für die Befragung präparieren kann.«

»Ja, das ist sinnvoll. Vielleicht weiß ja Steen, wo er sich herumtreibt.«

Die beiden verließen die Polizeiwache und gingen zum Büro des Immobilienmaklers hinüber. Es befand sich am Anfang der Hindenburgstraße, war also nicht allzu weit von der Dienststelle entfernt. Vor wenigen Minuten war ein Zug der Inselbahn eingetroffen. Ankommende Urlauber wuchteten ihre schweren Rollkoffer aus den farbigen Waggons. Wer zum ersten Mal nach Borkum kam, schaute sich nach Orientierung suchend um, während die »Wiederholungstäter« zielstrebig zu ihren Quartieren eilten. Mona und Enno wurden von einer älteren Dame als Einheimische identifiziert. Sie erkundigte sich bei den Beamten nach dem Weg zur Kaapdelle.

Nach dieser kurzen Verzögerung betraten die Ermittler wenig später Steens Büro, das mit Fotos von unterschiedlichsten Ferienhäusern und -wohnungen dekoriert war. Der kleine rundliche Makler telefonierte gerade. Er winkte den Polizisten zu und deutete auf seine Besucherstühle.

»Ja … nein … schauen Sie sich das Exposé einfach an, danach können wir einen Termin vereinbaren. Ja, Ihnen auch einen schönen Tag.«

Mit diesen Worten beendete Steen das Gespräch und sagte: »Moin, seid mir gegrüßt. – Bei manchen Interessenten höre ich inzwischen schon am Tonfall, ob sie wirklich kaufen oder mir nur ein Ohr abkauen wollen.«

»Du wirst eben immer besser«, sagte die Kommissarin.

»Danke für die Blumen, Mona. – Was kann ich für euch tun?«

»Mark Naberhaus – klingelt bei diesem Namen etwas?«

Steen rollte mit den Augen. »Naberhaus ist ein Schaumschläger und Windbeutel«, meinte Steen seufzend. »Es gibt leider immer wieder Leute, die sich von seiner smarten Art blenden lassen. Er kassiert angeblich Honorare für seine Marktanalysen, was immer er darunter verstehen mag. Ich glaube nicht, dass Naberhaus wirklich Geld verdient, jedenfalls nicht in der Immobilienbranche.«

»Womit dann?«

»Wenn ich das wüsste, Enno! Ehrlich gesagt interessiert es mich nicht. Ich bin froh, wenn mir der Angeber nicht über den Weg läuft. Solche Gestalten bringen unser ganzes Metier in Verruf. Welcher ernsthafte Interessent will denn noch ein Objekt auf Borkum erwerben, nachdem Naberhaus ihm ein paar flotte Sprüche als fundierte Information unterjubeln wollte?«

»Wenn du von illegalen Aktivitäten weißt, solltest du es uns sagen«, riet die Ermittlerin.

»Das würde ich tun, da hätte ich keine Hemmungen«, versicherte der Makler. Er fuhr fort: »Es ist nur so, dass Unfähigkeit nicht strafbar ist, außer vielleicht bei Gehirnchirurgen und ähnlich verantwortungsvollen Berufen. Ist Naberhaus ein Betrüger? Vielleicht, ich habe keine Ahnung. Ich persönlich denke eher, dass er sich Geld leiht und es nicht zurückzahlt. Solange er mit dieser Tour durchkommt, kann er lustig weitermachen.«

»Also bewegt Naberhaus sich in den Kreisen der Vermögenden«, vermutete Enno.

Steen nickte.

Plötzlich bekam Claras Trennung von diesem Mann eine ganz andere Dimension. Hatte Naberhaus vielleicht darauf spekuliert, sich bei der Familie Rudinga ins gemachte Nest setzen zu können? Als Claras fester Freund hatte er sicher darauf gehofft, dass von dem Reichtum dieser alteingesessenen Sippe auch etwas für ihn abfallen würde.

Und er ist immerhin kein Fallena, dachte Mona ironisch. Eine Verbindung mit Naberhaus musste Claras Eltern und Großeltern allemal passender erscheinen als mit dem Nachfahren ihrer Erzfeinde. Mona fragte: »Kannst du uns sagen, wo Naberhaus wohnt, wenn er sich auf Borkum befindet?«

»Soweit ich weiß, kommt er stets im *Seagull Mansion* unter«, lautete die Antwort. Die Kommissarin nickte. Das *Seagull Mansion* war ein modernes Apartmenthotel der gehobenen Preiskategorie. Nach dem, was sie bisher über Naberhaus gehört hatte, passte diese Bleibe bestens zu dem Image, das er sich zu geben versuchte. Die Kommissare bedankten sich bei Steen für die Informationen und verließen sein Büro. Die Unterkunft des Verdächtigen befand sich an der Bubertstraße, die parallel zur Bismarckstraße verlief. Von dort aus waren es nur wenige Schritte bis zum Strand. Auf dem Weg zur *Seagull Mansion* sagte Mona: »Wenn ich Touristin wäre, würde ich dort garantiert nicht absteigen wollen. Mal abgesehen davon, dass die Bude mein Budget übersteigt – der Name klingt doch irgendwie nach Horrorfilm, findest du nicht? ›Die lebenden Toten der *Seagull Mansion*‹.«

Sie unterstrich ihre Worte, indem sie eine Grimasse schnitt und wie ein Zombie zu wanken begann. Enno lachte. »Hör bitte auf, die Leute starren dich schon an!«

Die Kommissarin beendete ihre Showeinlage. Wenig später hatten die beiden ihr Ziel schon erreicht. Das helle Kalksteingebäude hob sich von der traditionellen friesischen Bauweise ab. Die *Seagull Mansion* setzte auf große Fensterflächen und Oberlichter, um den Gästen einen möglichst unverstellten Blick auf den Himmel über der Nordsee zu bieten. Das Dach war mit Solarpaneelen versehen. Die

Ermittler waren bisher noch nicht in dieser Luxusunterkunft gewesen. Daher zeigten sie an der Rezeption ihre Dienstausweise und fragten nach Naberhaus.

»Ja, der Gast ist anwesend«, sagte die Angestellte, die wie ein Fitnessmodel wirkte. Sie fügte hinzu: »Ich weiß allerdings nicht, ob er bereits aufgestanden ist.«

»Den kriegen wir schon wach«, gab Mona zurück. »Die Zimmernummer, wenn ich bitten darf!«

Mit ihrer resoluten Art überrumpelte sie die Rezeptionistin.

»Drei«, hauchte sie.

»Verbindlichsten Dank«, sagte Enno. Die beiden stiefelten zu der Tür mit der Nummer 3, die sich im Erdgeschoss befand. Die Kommissarin hatte gesehen, dass die ebenerdigen Zimmer über große Terrassen verfügten. Der Verdächtige konnte sich auf diesem Weg also bestens absetzen, falls er misstrauisch wurde. Sie klopfte an.

»Zimmerservice!«, flötete Mona. Dabei bemühte sie sich, ihre Stimme möglichst hell und einschmeichelnd klingen zu lassen. Naberhaus würde noch früh genug merken, dass sie auch andere Saiten aufziehen konnte. Von drinnen ertönte leise Musik, also schien der Bewohner zumindest wach zu sein.

Oder er hat nachts vergessen, das Radio auszustellen, dachte die Kommissarin pessimistisch. Doch gleich darauf öffnete er. Naberhaus war nur mit einem weißen Bademantel aus Frotteestoff bekleidet. Mona ordnete den hochgewachsenen braungebrannten Kerl sofort in die Kategorie Schönling ein. Sie hatte ja schon genug Bilder von ihm in den sozialen Medien gesehen. Immerhin schienen diese nicht mit Photoshop bearbeitet zu sein. Naberhaus ließ ihr Herz trotzdem nicht schneller schlagen, denn schließlich war sie mit Jan Lummer liiert. Und auf den Männertyp »Blender« stand sie schon mal gar nicht.

»Sie sind aber nicht vom Zimmerservice«, stellte Naberhaus dümmlich fest, als er die Kriminalisten erblickte und sie ihre Dienstausweise zeigten.

»Nee, das war ein kleiner Scherz. Ich bin Kommissarin Sander, das ist Oberkommissar Moll. Wir sind von der Borkumer Polizei. Sie haben doch sicher nichts dagegen, wenn wir hereinkommen, oder?«

Da Naberhaus ihr nicht den Weg versperrte, betrat sie einfach seine Bleibe. Diese bestand aus einem Wohnbereich, einem kleinen Schlafraum sowie einem Bad. Es gab auch eine Küchenzeile mit

Mikrowelle, einem Edelstahl-Kühlschrank sowie einer imposanten Kaffeemaschine. Naberhaus schien sich gerade abgebraust zu haben, zumindest waren seine Haare feucht. Außerdem verströmte er einen dezenten Duft nach Duschgel.

»Was kann ich für die Augen des Gesetzes tun?«, fragte er mit einem breiten Grinsen. »Wie wäre es mit einem Cappuccino?«

»Nein, danke«, erwiderte Mona förmlich. »Wir möchten mit Ihnen über Lübbo Fallena sprechen.«

»Wer soll das sein?!«, gab Naberhaus zurück.

Die Kommissarin rollte ungeduldig mit den Augen und fauchte: »Sie sollten nicht den Ahnungslosen spielen, das zieht bei uns nicht! Wir wissen, dass Ihre Ex-Freundin Clara Rudinga die Beziehung mit Ihnen wegen Lübbo Fallena beendet hat. Daraufhin wurden Sie sehr ungehalten und sollen ihr gedroht haben.«

Der Verdächtige wirkte eher amüsiert als eingeschüchtert. Ob er schon damit gerechnet hatte, dass die Polizei bei ihm erscheinen würde? Oder war er so von sich selbst eingenommen, dass er sich für unangreifbar hielt? Mona tippte auf die zweite Möglichkeit.

»Das ist ein Missverständnis, Frau Sander. Ich habe Clara lediglich prophezeit, dass sie zu mir zurückkehren würde. Das sagt mir meine Menschenkenntnis.«

Die Ermittlerin musste sich zurückhalten, um Naberhaus nicht ins Gesicht zu lachen. Sie erwiderte: »Ach, ist das so? Könnten Sie bitte etwas konkreter werden?«

»Mit dem größten Vergnügen«, gab Naberhaus selbstgefällig zurück. Er fuhr fort: »Natürlich weiß ich, wer Lübbo Fallena ist. Ich habe es zunächst geleugnet, weil ich nicht in diesen Mordfall hineingezogen werden will.«

»Es ist nie ratsam, die Polizei für dumm verkaufen zu wollen«, gab Enno zu bedenken.

»Ich entschuldige mich dafür, Herr Moll. – Aber um auf Lübbo Fallena zurückzukommen: Er hat gewiss versucht, ein normales Leben zu führen. Dafür war es hilfreich, Clara zu umgarnen. Ich will nichts gegen die Süße sagen, aber sie ist noch sehr jung und verfügt nicht über viel Lebenserfahrung. Lübbo konnte ihr leicht etwas vormachen, jedenfalls eher als sich selbst.«

»Und wir wären Ihnen äußerst dankbar, wenn Sie aufhören könnten, in Rätseln zu sprechen!«

»Sie werden gleich merken, worauf ich hinauswill, Frau Sander. – Ich bin der festen Überzeugung, dass Lübbo Fallena sich gar nicht wirklich für Frauen interessierte. Ich habe ihn gleich zweimal gesehen, wie er sich heimlich mit ... *einem Mann* getroffen hat!«

Naberhaus schaute die Kommissare triumphierend an. Er hatte eine Kunstpause gemacht, um seine Worte umso dramatischer nachklingen zu lassen.

»Wollen Sie behaupten, dass Sie Lübbo Fallena beim Sex beobachtet haben?«, hakte der Ostfriese nach.

»Das nun nicht gerade«, gab der Verdächtige zu. »Trotzdem, die beiden wirkten auf mich wie Heimlichtuer.«

»Schön, und können Sie uns diesen anderen Mann beschreiben?«, forderte Mona.

Naberhaus antwortete: »Mehr als das – ich kenne sogar seinen Namen. Es handelt sich um Bert Metter, den Assistenten von Claras Großvater!«

Kapitel 20

Mona gehörte nicht zu den Frauen, die einem Mann sozusagen an der Nasenspitze ansehen konnten, ob er homosexuell war oder nicht. Natürlich war es theoretisch möglich, dass Lübbo Fallena und Bert Metter sich wirklich zueinander hingezogen gefühlt hatten. Aber wenn es nun einen ganz anderen Grund für diese Treffen gegeben hatte?

Enno gab zu bedenken: »So, wie ich es sehe, liegt Ihnen viel an Clara Rudinga. Wäre es da nicht naheliegend gewesen, Ihre Ex-Freundin über Ihre Beobachtungen zu informieren?«

»Daran habe ich gedacht, aber es wäre sinnlos gewesen. Ich konnte ja nicht beweisen, dass zwischen Lübbo und Metter etwas läuft. Die beiden hätten nur einfach alles leugnen müssen. Dann wäre ich der Böse gewesen, der mit krankhafter Eifersucht Claras neuen Freund in die Pfanne hauen will.«

»Und so war es nicht?«, fragte Mona betont unschuldig.

»Ich weiß, was ich gesehen habe«, beharrte Naberhaus.

Die Kommissarin erwiderte: »Wir werden diesem Hinweis natürlich nachgehen. – Unabhängig davon hätten Sie natürlich auch ein Motiv für den Mord an Lübbo Fallena gehabt. Daher muss ich Sie fragen, wo Sie in der Nacht vom 27. auf den 28. September gewesen sind.«

»Da befand ich mich noch auf Norderney, ich bin erst am 28. September nachmittags mit dem Katamaran auf Borkum eingetroffen«, behauptete der Verdächtige.

»Gibt es Zeugen, die Sie auf Norderney in dem fraglichen Zeitraum gesehen haben?«, hakte die Kommissarin nach.

Naberhaus bedachte sie mit einem anzüglichen Blick. Er sagte: »Ja, die Dame heißt Daniela Schulte und wird Ihnen gewiss gern bestätigen, wo ich während dieser Nacht gewesen bin. Und was ich gemacht habe …«

So genau will ich es gar nicht wissen, dachte Mona. Sie ließ sich die Mobilnummer der Zeugin geben. Natürlich wollte sie die Angaben später nachprüfen. Für den Moment blieb den Ermittlern nichts anderes übrig, als sich zu bedanken und das Apartmenthotel zu verlassen. Als sie draußen auf der Bubertstraße standen, sagte Mona: »Ich hatte die ganze Zeit lang gehofft, dass Naberhaus' Bademantel aufgehen würde.«

»Wieso das denn?«

»Damit wir ihn wegen exhibitionistischer Handlungen festnehmen können. – Ich werde mir jetzt erst einmal diese Daniela Schulte vornehmen.«

Mona griff zum Smartphone und rief Naberhaus' Gespielin auf Norderney an. Die Frau sagte aus, die besagte Nacht mit Naberhaus verbracht zu haben.

Enno konnte seiner Kollegin offenbar die Enttäuschung vom Gesicht ablesen. Er klopfte ihr auf die Schulter und sagte: »Ich finde Naberhaus auch höchst unsympathisch, aber immerhin konnte er uns einen wichtigen Hinweis liefern.«

»Dann glaubst du wirklich, dass Lübbo und Metter eine heimliche Affäre hatten?«

»Nicht unbedingt«, schränkte der Oberkommissar ein, »aber es muss einen Grund für ihre Treffen gegeben haben. Angenommen, Metter wäre wirklich homosexuell – warum hat er es dann zumindest uns gegenüber nicht erwähnt? In dem Fall muss Lübbo ihm etwas bedeutet haben. Es kann ihm nicht gleichgültig sein, wenn der Mörder frei herumläuft.«

»Es sei denn, Metter hätte das Opfer selbst getötet«, spann Mona den Gedanken weiter, »aber aus welchem Grund? Der Paragraf 175 ist längst eingemottet, und Metter ist weder verheiratet noch in einer festen Beziehung – soweit wir wissen. Aber es ist augenfällig, wie Metter unseren Verdacht auf seinen Arbeitgeber und dessen Sohn lenken wollte. Erinnerst du dich daran, wie er behauptet hat, ein Gespräch zwischen Tammo und Johan Rudinga über Lübbo belauscht zu haben? Vielleicht fand es ja nur in seiner Fantasie statt.«

»Ja, wir sollten uns noch einmal eingehender mit diesem Herrn befassen«, sagte Enno.

Sie kehrten zunächst zur Polizeistation zurück. Mona hatte kaum das Dienstzimmer betreten, als ihr Telefon klingelte. Sie nahm den Hörer ab, meldete sich mit Namen und Dienstgrad.

»Hier spricht Kohlhaas vom kriminaltechnischen Labor Oldenburg«, sagte eine Männerstimme. »Frau Sander, es geht um die Taschenuhr, die Sie uns hatten zukommen lassen. Leider konnten wir auf dem Gehäuse keine brauchbaren DNA-Spuren feststellen. Auch Fingerabdrücke sind nur teilweise vorhanden. Das Objekt ist einfach zu stark kontaminiert.«

»Das ist kein Wunder, es hat im Müll gelegen«, gab Mona zurück. Ihr war die Enttäuschung vermutlich anzuhören.

Kohlhaas klang aufmunternd, als er sagte: »Wir konnten aber eine Geheimbotschaft finden, die Ihre Ermittlungen vielleicht voranbringt.«

»Was für eine Geheimbotschaft?«

»Das weiß ich leider nicht, Frau Sander. Es handelt sich um ein Stück Papier, das unter dem Foto versteckt war.«

Mona erwiderte: »Das Bild von dem Ehepaar ist ja über hundert Jahre alt. Ist diese Nachricht ebenfalls antik?«

»Nein, auf keinen Fall. Es handelt sich um neues Papier. Wir haben die Notiz abfotografiert, ich kann Ihnen die Bilder gleich schicken.«

Die Kriminalistin bedankte sich überschwänglich und beendete das Telefonat.

»Du strahlst ja plötzlich so«, stellte Enno fest.

»Kein Wunder, ich sehe endlich Licht am Ende des Tunnels«, gab sie zurück und berichtete, was sie soeben erfahren hatte.

»Ein neues Rätsel«, meinte der Oberkommissar, »aber eines, das uns direkt zum Mörder führen kann.«

Mona nickte. Sie wartete ungeduldig auf die Mail aus Oldenburg. Als diese eintraf, öffnete sie den Anhang und druckte die Seite aus. Zusammen mit ihrem Kollegen beugte sie sich über das Papier. Die Botschaft bestand aus drei Reihen, die jeweils Buchstaben und Ziffern beinhalteten. Die Kommissarin hatte nicht die geringste Ahnung, was sie bedeuten sollten.

»Telefonnummern sind es schon mal nicht«, stellte sie fest, »eventuell geht es um Internetbestellungen? Aber worum genau? Und warum hätte Lübbo dadurch in Lebensgefahr geraten sollen?«

Enno erinnerte: »Vergiss nicht, dass Lübbo seiner Freundin einen Haufen Geld für ein zukünftiges gemeinsames Leben in Aussicht gestellt hat. Vielleicht haben wir Kontonummern einer Bank in einem Steuerparadies vor uns.«

»Ich habe meine paar Kröten jedenfalls nicht auf den Cayman Islands geparkt«, witzelte Mona, wurde aber sogleich wieder ernst. Sie fuhr fort: »Wir sollten nach einer Verbindung zu Metter Ausschau halten. Der Kerl ist doch Tammo Rudingas Assistent, und … das könnten Kennungen von Containern sein!«

Enno wusste natürlich auch, dass jede dieser Metallkisten eine unverwechselbare Kombination von Zahlen und Buchstaben aufwies, um wiedergefunden werden zu können. Er führte die Überlegung weiter: »Angenommen, Metter wäre dank dieser Container – oder ihres Inhalts – erpressbar gewesen. Lübbo gelang es, an diese Information zu kommen. Er forderte eine größere Summe, um sein Schweigen zu erkaufen. Zu diesem Zweck verabredete er sich um Mitternacht mit seinem späteren Mörder. Doch er bekam kein Geld, sondern einen Dolch in die Brust. – Ja, so könnte es sich abgespielt haben. Jetzt müssen wir es nur noch beweisen.«

»Dabei können uns gewiss die Kollegen vom Zoll unterstützen«, sagte die Kommissarin.

Kapitel 21

Mona griff zum Telefonhörer und rief beim Zollamt Wilhelmshaven an, wo sie ihr Anliegen schilderte. Nach einer Weile wurde sie mit Zolloberamtsrat Schäfer verbunden. Nachdem die Ermittlerin sich vorgestellt und in groben Zügen den Stand der Dinge berichtet hatte, hakte Schäfer nach: »Sie haben also einen allgemeinen Verdacht, dass sich illegale Ware in diesen Containern befinden könnte?«

»So ist es. Wenn unsere Annahmen zutreffen, dann hat der Täter gemordet, damit dieses Geheimnis nicht aufgedeckt wird.«

»Wir gehen selbstverständlich jedem ernsthaften Hinweis nach«, betonte der leitende Zöllner. »Ich schlage vor, dass Sie mir die Kennungen zukommen lassen, Frau Sander. Wir werden überprüfen, wo sich diese Container befinden, und eine Kontrolle durchführen.«

Die Kommissarin leitete das Foto mit den Ziffern und Buchstaben an den Zolloberamtsrat weiter. Er versprach, sich so bald wie möglich wieder zu melden. Mona bedankte sich und legte auf. Da der Lautsprecher eingeschaltet gewesen war, hatte Enno alles mitgehört.

»Während du telefoniert hast, habe ich versucht, mehr Informationen über Metter zu bekommen«, sagte der Ostfriese. »Das ist leider nicht einfach. In den polizeilichen Datenbanken gibt es keinen Eintrag zu ihm. Entweder ist er noch nicht straffällig geworden oder er hat sich einfach nicht erwischen lassen. Noch auffälliger ist, dass er in den sozialen Medien überhaupt nicht aktiv ist.«

»Metter zieht die Unauffälligkeit vor, das ist clever«, erwiderte die Kommissarin. Sie fuhr fort: »Als Rudingas Assistent hat er vermutlich die Möglichkeit, Frachtpapiere zu manipulieren und auf eigene Rechnung Container für dubiose Zwecke zu missbrauchen. – Wir dürfen uns jetzt keine Blöße geben, Enno. Metter muss in Sicherheit gewiegt werden. Sobald er ahnt, dass wir ihm auf die Schliche gekommen sind, besteht akute Fluchtgefahr. Und solange Schäfers Leute die Container nicht überprüft haben, sind uns die Hände gebunden.«

»Wie wäre es mit einem Täuschungsmanöver?«, schlug der Oberkommissar lächelnd vor. »Wir haben ja Rehberg verhaftet. Lass uns zu den Rodingas gehen und ihnen die frohe Botschaft verkünden. Dass Rehberg gar nicht Lübbos Mörder sein kann, müssen wir ihnen ja nicht unter die Nase reiben. Wenn Tammo Rudinga von der Festnahme erfährt, wird Metter es gewiss auch mitbekommen und erleichtert sein. Es geht ja nur darum, dass er die Füße stillhält, bis wir Nachricht aus Wilhelmshaven bekommen.«

Damit war Mona einverstanden. Die beiden fuhren zum Barbaraweg. Als sie dort klingelten, wurde ihnen von Tammo Rudinga geöffnet. Seine Gesichtszüge verhärteten sich, als er die Beamten erkannte.

»Meine Enkeltochter ist nicht zu sprechen«, schnarrte er. »Sie fühlt sich nicht gut. Die Ereignisse haben sie stark mitgenommen.«

Mona hatte sich am Vortag gewundert, dass Clara ihrer Arbeit in dem Strandmodengeschäft nachgegangen war, als ob nichts geschehen wäre. Es war wohl nur eine Frage der Zeit gewesen, bis ihre Kraft aufgebraucht war. Die junge Frau tat der Kommissarin leid. Mona hoffte sehr, dass sie und Enno nun den richtigen Täter im Visier hatten. Enno schüttelte den Kopf und sagte: »Wir müssen gar nicht mit Clara reden, Herr Rudinga. Wir möchten Ihnen nur mitteilen, dass wir im Zusammenhang mit dem Mord an Lübbo Fallena eine Verhaftung vornehmen konnten.«

Diese Neuigkeit schien den Alten zu überraschen. Ob er doch hinter dem Mord steckte und Metter nur sein williges Werkzeug gewesen war? Kaum hatte Mona diesen Gedanken entwickelt, als sie ihn schon wieder verwarf. Rudinga hätte niemals zugelassen, dass sein geliebter Zierdolch als Tatwerkzeug missbraucht wurde.

»Der Mörder ist also hinter Schloss und Riegel?«, vergewisserte der Patriarch sich.

»Noch haben wir kein Geständnis, aber das dürfte nur eine Frage der Zeit sein«, gab Enno ruhig zurück.

»Ich muss zugeben, dass ich Sie und Ihre Kollegin unterschätzt habe«, sagte Rudinga. »Und ich hoffe natürlich, dass wir unseren Dolch nach dem Strafprozess möglichst bald zurückbekommen. Was für ein mieser Trick des Verbrechers, den Verdacht auf eine so angesehene Familie wie die meinige lenken zu wollen! Wer hat den jungen Fallena denn nun erstochen?«

»Dazu darf ich mich aus ermittlungstaktischen Gründen noch nicht äußern«, gab Enno im besten Beamtendeutsch zurück.

»Das verstehe ich natürlich«, erwiderte Rudinga gönnerhaft. »Dieser Alptraum ist für uns nun vorbei, dafür danke ich Ihnen.«

Mit diesen Worten schloss er die Haustür. Die Kommissare stiegen wieder ins Auto.

»Ich möchte zu gern wissen, ob Metter sich aktuell im Ferienhaus aufhält«, meinte Mona. »Leider müssen wir ihn momentan in Ruhe lassen, damit er nicht Lunte riecht.«

»Gehen wir einfach mal davon aus, dass Rudinga unseren vermeintlichen Verhaftungserfolg gleich weitererzählt«, gab Enno mit seiner unerschütterlichen Zuversicht zurück.

Als sie wieder in der Polizeistation waren, bemühten sich die Kommissare weiterhin erfolglos darum, weitere Informationen über Metter zu bekommen. Mona blätterte in ihren Aufzeichnungen und zerbrach sich den Kopf darüber, ob sie etwas Entscheidendes übersehen hatte. Doch danach sah es nicht aus. Zwei Stunden später kam endlich der erlösende Anruf von Schäfer: »Frau Sander, ihr Tipp war Gold wert! Und übrigens ist es nur auf einen glücklichen Zufall zurückzuführen, dass die fraglichen Container überhaupt noch im Hafen waren. Ein Streik hat hier die Abläufe für einige Tage lahmgelegt. Normalerweise wäre die Ware schon auf LKWs umgeladen und ins Inland weitertransportiert worden.«

»Was befand sich denn nun in den Containern?«, wollte Mona wissen.

»Gefälschte Markenartikel von minderer Qualität. Sie wissen bestimmt, dass mit solchen Produkten teilweise fast so viel Geld verdient wird wie mit Drogenhandel. – Habe ich es richtig verstanden, dass Sie die verantwortliche Person kennen?«

»Ja, allerdings«, antwortete die Kommissarin. »Und wir sind sicher, dass dieser Mann auch ein Menschenleben auf dem Gewissen hat.«

»Ich habe einige Fotos geschossen, als wir die Container geöffnet haben«, sagte der Zolloberamtsrat. »Die schicke ich Ihnen gleich.«

Mona bedankte sich. Wenig später landete die Nachricht in ihrem Mail-Postfach. Sie lud die Bilder auf ihr Smartphone und stand auf.

»Nun geht es Metter an den Kragen, nicht wahr?«, meinte Enno.

»Worauf du dich verlassen kannst!«

Kapitel 22

Diesmal öffnete Johan Rudinga den Kommissaren die Tür des Ferienhauses. Er wirkte überrascht:

»Sie waren doch vorhin schon einmal hier. Mein Vater hat uns bereits erzählt, dass Sie den Mörder fassen konnten. Sie …«

Mona fiel ihm ins Wort: »Es handelt sich um ein Missverständnis. – Ist Bert Metter anwesend?«

»Ja, aber … wieso …«

»Wir müssen ihn dringend sprechen«, sagte Enno nachdrücklich.

Johan Rudinga war so perplex, dass er die Ermittler ohne Widerworte ins Haus ließ. Sie erfuhren von ihm, dass Metter sich mit Tammo Rudinga in dessen Arbeitszimmer im hinteren Bereich des Hauses befand. Der Oberkommissar klopfte an diese Tür und trat dann gemeinsam mit Mona ein. Tammo Rudinga saß hinter seinem Schreibtisch. Er lächelte den Kommissaren zu, während der ihm gegenübersitzende Metter plötzlich sehr unruhig wurde. Vermutlich ahnte er, dass seine Stunde geschlagen hatte.

»Gibt es noch weitere gute Neuigkeiten für uns?«, fragte der Patriarch freundlich.

»Wie man es nimmt.«

Mit diesen Worten umrundete die Kriminalistin den Schreibtisch, zog ihr Smartphone heraus und zeigte dem Alten die Fotos, die sie von dem Zolloberamtsrat bekommen hatte. Sie fragte: »Kommen Ihnen diese Container bekannt vor, Herr Rudinga?«

Er setzte seine Brille auf und musterte die Aufnahmen genau. »Ja, allerdings! Sie gehören mir. Aber was sind das für Waren? Wurden die Container vom Zoll geöffnet? Sie hätten gar nicht gefüllt sein dürfen, ich habe sie leer vermietet.«

Mona fand Rudingas Verwirrung durchaus glaubhaft.

»*Sie* dürften für diese Manipulation auch nicht verantwortlich sein«, sagte sie zu ihm, »aber Herr Metter wird uns jetzt auf die Dienststelle begleiten müssen.«

Das Familienoberhaupt wirkte erschüttert. Ihm musste klar sein, wer für die falsche Befrachtung verantwortlich war. Vermutlich gab es nicht allzu viele Menschen in seinem Umfeld, die zu einer solchen Tat technisch in der Lage waren.

»Metter, was haben Sie getan?!«

»Das ist ein Missverständnis, Herr Rudinga … es wird sich schnell aufklären lassen«, behauptete der Täter. Er versuchte zu lächeln, was ihm gründlich misslang. Es wirkte eher, als ob er eine Grimasse schnitt.

»Apropos Missverständnis: Haben Sie, Herr Rudinga junior, jemals zu Ihrem Vater gesagt: ›Wenn Lübbo nicht seine dreckigen Pfoten von meiner Tochter lässt, dann passiert ein Unglück!‹«

Diese Frage stellte die Kommissarin Johan Rudinga, der ebenfalls ins Arbeitszimmer gekommen war. Er schüttelte heftig den Kopf und beteuerte: »Nein, ganz gewiss nicht! Ja, ich ahnte schon vor Claras Geständnis, dass es eine Verbindung zwischen ihr und dem jungen Fallena gab. Aber mit meinem Vater habe ich darüber nie gesprochen, weil ich mich für Clara geschämt habe. Ich betete, dass Papa es nicht herausfinden würde.«

»Zu spät«, murmelte der Patriarch. »Ich wusste es auch. Und ich habe aus demselben Grund den Mund gehalten.«

»Bert Metter hat durch eine Falschaussage versucht, den Verdacht auf Ihre Familie zu lenken«, stellte Enno fest, »und alle weiteren Einzelheiten möchten wir ihn auf der Polizeiwache fragen.«

Tammo Rudinga machte eine wegwerfende Handbewegung: »Ja, nehmen Sie diesen Verräter mit! Schaffen Sie ihn mir aus den Augen!«

Enno durchsuchte Metter zunächst nach Waffen und gefährlichen Gegenständen, fand aber nichts dergleichen. Der Verdächtige ließ es ruhig über sich ergehen, er sagte nichts. Erst im Auto öffnete er wieder den Mund: »Sie ruinieren mich, wegen Ihnen werde ich noch meine Anstellung verlieren!«

Glaubte Metter wirklich, den Kopf noch einmal aus der Schlinge ziehen zu können? Mona, die am Lenkrad des Dienstwagens saß, enthielt sich eines Kommentars. Auch Enno erwiderte nichts. Später im Verhörraum belehrte sie den mutmaßlichen Mörder zunächst über seine Rechte und wies darauf hin, dass die Befragung als Audiodatei mitgeschnitten wurde. Dann holte sie erneut ihr Telefon hervor und zeigte nun auch Metter die Fotos von der Zollaktion: »Lübbo Fallena muss herausbekommen haben, dass in genau diesen drei Containern illegale Waren transportiert wurden – und dass Sie dafür verantwortlich waren. Ein Geständnis würde Ihnen gut zu Gesicht stehen, Herr Metter. Mir ist nicht klar, wie Sie jetzt noch die Schuld auf eine andere Person abwälzen wollen.«

Der Verdächtige verschränkte die Finger seiner Hände ineinander. Er wirkte nachdenklich. Nach einer längeren Pause sagte er: »Ich habe mich immer wieder gefragt, wie Lübbo Fallena mich durchschauen konnte. Ich war eigentlich sehr vorsichtig. Er muss es irgendwie geschafft haben, sich in meine Korrespondenz mit meinen Kontakten in Asien zu hacken. Eine andere Erklärung gibt es nicht.«

»Also hat Lübbo Fallena Ihnen gesagt, dass er von Ihren Geschäften wusste?«

»Richtig, Frau Sander. Er lief mir irgendwann in der Nähe vom Inselbahnhof über den Weg. Im ersten Moment wusste ich gar nicht, mit wem ich es zu tun hatte. Natürlich war ich erschrocken, aber ich blieb äußerlich ruhig. Das hoffte ich jedenfalls. Und ich stritt alles ab. Doch er blieb beharrlich. Lübbo behauptete, die Kennungen von einigen der manipulierten Container herausgefunden zu haben. Und er wollte sich sein Schweigen teuer bezahlen lassen.«

»Über welche Summe reden wir?«, warf Enno ein.

»Hunderttausend Euro.«

»Das erscheint mir etwas überzogen. Man kann mit gefälschter Markenware zwar viel Geld verdienen, aber nicht *so* viel«, sagte Mona.

»Richtig, Frau Sander. Ich gab zum Schein trotzdem nach.«

»Sie hatten gar nicht vor, zu zahlen, nicht wahr?«

»Ich habe keine hunderttausend Euro über. Außerdem heißt es, dass Erpresser niemals zufriedenzustellen sind«, erwiderte Metter. Er hatte soeben indirekt zugegeben, den Mord an Lübbo Fallena geplant zu haben. Ob ihm dies bewusst war?

Enno hakte nach: »Wollten Sie keinen Beweis für Lübbo Fallenas Wissen haben?«

»Doch, natürlich, Herr Moll. Er behauptete, mir die Kennungen der Container bei einem nächtlichen Treffen zeigen zu wollen. Dann sollte ich auch das Geld mitbringen. Inzwischen hatte ich allerdings selbst meine Hausaufgaben gemacht und wusste von seiner Beziehung zu Clara Rudinga. Außerdem war mir die uralte Fehde der beiden Familien bekannt. Ein echtes Romeo-und-Julia-Drama, nicht wahr? Und eine Steilvorlage für mich, um eine falsche Spur zu legen. Es war ein Kinderspiel, mir den Dolch zu beschaffen. Ich hatte natürlich Handschuhe getragen, als ich ihn aus der Vitrine holte. Tammo Rudinga vertraut mir zwar, aber ich bin nun einmal kein Rudinga. Von daher wäre es schwer zu erklären gewesen, warum meine Fingerabdrücke auf der Waffe sind. Ich wollte kein Risiko eingehen. Ich ging zum vereinbarten Treffpunkt und tötete meinen Erpresser. Dann kam der unangenehmste Teil. Ich schnappte mir sein Handy, weil ich darin die Kennungen vermutete. Außerdem durchsuchte ich seine Taschen, fand aber nichts.«

»Was ist mit der Uhr?«, fragte Mona nach.

Er warf ihr einen verständnislosen Blick zu. »Sie meinen die Taschenuhr? Was soll mit ihr sein? Ich dachte mir nichts dabei, dass Lübbo Fallena so einen Zeitmesser bei sich hat. Diese Häuptlingsfamilien sind doch alle etwas exzentrisch mit ihren Traditionen.«

Mona sagte: »Das mag schon sein, aber in diesem Fall waren die Container-Kennungen tatsächlich in der Uhr versteckt. Lübbo hatte also wirklich Ihr Geheimnis gelüftet. Und es ist gut, dass Sie die Taschenuhr nicht an sich genommen haben. So wurden wir durch dieses Erbstück direkt zu Ihnen geführt ...«

Metter blieb vor Erstaunen der Mund offen stehen. Ob er so bereitwillig gestanden hätte, wenn die Durchsuchung der Container kein belastendes Ergebnis gebracht hätte? Diese Frage stellte sich für die Kommissarin nicht wirklich, denn die einzelnen Fakten dieser Ermittlung hatten wie Zahnräder ineinandergegriffen. Ob sie und Enno jemals herausfinden würden, auf welche Art Lübbo Fallena Bert Metters Machenschaften enttarnt hatte? Dies war vermutlich eher eine Aufgabe für die Spezialisten beim Landeskriminalamt, die sich die Computeraktivitäten des Studenten genauer anschauen konnten.

»Haben Sie das Telefon Ihres Opfers zerstört?«

»Ja, Herr Moll. Danach kam ich mir unangreifbar vor. Das war leider ein Irrtum. Ich war mir so sicher, dass Sie sich auf die Rudingas einschießen würden ...«

Die Kommissare ließen die letzte Bemerkung unkommentiert. Für den Moment hatten sie genug gehört. Der Mörder sollte so bald wie möglich aufs Festland geschafft werden, damit er dem Haftrichter vorgeführt werden konnte. Mona war sicher, dass Untersuchungshaft verhängt werden würde. Die Ermittlungsgruppe für Wirtschaftskriminalität beim Landeskriminalamt würde sich gewiss auch brennend für Metter interessieren. Aber damit hatten die Inselpolizisten nichts mehr zu tun. Enno brachte den Kriminellen in die Arrestzelle. Als er zurückkehrte, packte Mona gerade ihre Unterlagen zusammen.

»Bei den turbulenten Entwicklungen heute ist das Mittagessen glatt zu kurz gekommen«, stellte sie fest. »Jetzt könnten wir uns endlich eine Pause gönnen, oder?«

»Ich dachte schon, du fragst nie«, gab der Ostfriese lächelnd zurück.

ENDE

Ostfrieslandkrimi-Empfehlungen des Klarant Verlages

Lernen Sie die Ostfrieslandkrimi-Serie **»Mona Sander und Enno Moll ermitteln«** von **Sina Jorritsma** kennen:

Friesische Inselidylle? Von wegen! Auf der ostfriesischen Insel Borkum lösen Kommissarin Mona Sander und ihr Kollege Enno Moll knifflige Mordfälle. Die emotionale Kommissarin geht bei der Verbrecherjagd gerne ihren eigenen Weg und scheut dabei kein Risiko … Bei der Krimireihe der Autorin Sina Jorritsma ist Hochspannung garantiert!

In der Serie sind bereits folgende Ostfrieslandkrimis erschienen:

»Friesenbraut«, Band 1
Taschenbuch-ISBN: 978-3-95573-557-9
eBook-ISBN: 978-3-95573-556-2

Auf der ostfriesischen Insel Borkum verschwindet eine Braut kurz vor der Eheschließung. Zunächst glauben die Kommissare Mona Sander und Enno Moll noch an einen dummen Streich. Aber wenig später wird das blutverschmierte Brautkleid gefunden. Ist die dunkelhaarige Schönheit einem Gewaltverbrechen zum Opfer gefallen? Die Inselkommissare finden Indizien, die aber nicht zusammenpassen. Hat der undurchsichtige Exfreund der Braut seine Hände im Spiel? Wer war an den geheimen Sex-Spielen im Ferienhaus beteiligt? Und welches Interesse verfolgt der machtbesessene zukünftige Schwiegervater? Dann findet die Polizei eine Leiche – und muss feststellen, dass die Dinge ganz anders sind, als sie auf den ersten Blick scheinen. Die Mörderjagd versetzt nicht nur die friedliche Nordseeinsel in Aufruhr, sondern wird auch zur persönlichen Herausforderung für Mona Sander. Sie wird selbst zur Zielscheibe des Mörders …

»Friesenkreuz«, Band 2
Taschenbuch-ISBN: 978-3-95573-552-4
eBook-ISBN: 978-3-95573-600-2

»Friesenlauf«, Band 3
Taschenbuch-ISBN: 978-3-95573-553-1
eBook-ISBN: 978-3-95573-618-7

»Friesenflirt«, Band 4
Taschenbuch-ISBN: 978-3-95573-542-5
eBook-ISBN: 978-3-95573-541-8

»Friesenwahn«, Band 5
Taschenbuch-ISBN: 978-3-95573-622-4
eBook-ISBN: 978-3-95573-623-1

»Friesenstalker«, Band 6
Taschenbuch-ISBN: 978-3-95573-688-0
eBook-ISBN: 978-3-95573-701-6

»Friesenjuwel«, Band 7
Taschenbuch-ISBN: 978-3-95573-764-1
eBook-ISBN: 978-3-95573-765-8

»Friesenwrack«, Band 8
Taschenbuch-ISBN: 978-3-95573-796-2
eBook-ISBN: 978-3-95573-797-9

»Friesenbarbier«, Band 9
Taschenbuch-ISBN: 978-3-95573-833-4
eBook-ISBN: 978-3-95573-832-7

»Friesenstrand«, Band 10
Taschenbuch-ISBN: 978-3-95573-875-4
eBook-ISBN: 978-3-95573-876-1

»Friesenlist«, Band 11
Taschenbuch-ISBN: 978-3-95573-934-8
eBook-ISBN: 978-3-95573-935-5

»Friesenblues«, Band 12
Taschenbuch-ISBN: 978-3-95573-954-6
eBook-ISBN: 978-3-95573-955-3

»Friesenanker«, Band 13
Taschenbuch-ISBN: 978-3-96586-009-4
eBook-ISBN: 978-3-96586-010-0

»Friesenkoch«, Band 14
Taschenbuch-ISBN: 978-3-96586-105-3
eBook-ISBN: 978-3-96586-106-0

»Friesenwürger«, Band 15
Taschenbuch-ISBN: 978-3-96586-146-6
eBook-ISBN: 978-3-96586-145-9

»Friesentango«, Band 16
Taschenbuch-ISBN: 978-3-96586-164-0
eBook-ISBN: 978-3-96586-172-5

»Friesenbrauer«, Band 17
Taschenbuch-ISBN: 978-3-96586-201-2
eBook-ISBN: 978-3-96586-202-9

»Friesendiebin«, Band 18
Taschenbuch-ISBN: 978-3-96586-276-0
eBook-ISBN: 978-3-96586-277-7

»Friesenpoker«, Band 19
Taschenbuch-ISBN: 978-3-96586-321-7
eBook-ISBN: 978-3-96586-322-4

»Friesenleiche«, Band 20
Taschenbuch-ISBN: 978-3-96586-355-2
eBook-ISBN: 978-3-96586-356-9

»Friesentrick«, Band 21
Taschenbuch-ISBN: 978-3-96586-408-5
eBook-ISBN: 978-3-96586-409-2

»Friesenschatz«, Band 22
Taschenbuch-ISBN: 978-3-96586-450-4
eBook-ISBN: 978-3-96586-451-1

»Friesenmagier«, Band 23
Taschenbuch-ISBN: 978-3-96586-485-6
eBook-ISBN: 978-3-96586-486-3

»Friesenruine«, Band 24
Taschenbuch-ISBN: 978-3-96586-513-6
eBook-ISBN: 978-3-96586-514-3

»Friesenraub«, Band 25
Taschenbuch-ISBN: 978-3-96586-549-5
eBook-ISBN: 978-3-96586-550-1

»Friesenrichter«, Band 26
Taschenbuch-ISBN: 978-3-96586-560-0
eBook-ISBN: 978-3-96586-561-7

»Friesenhummer«, Band 27
Taschenbuch-ISBN: 978-3-96586-614-0
eBook-ISBN: 978-3-96586-615-7

»Friesenkugel«, Band 28
Taschenbuch-ISBN: 978-3-96586-627-0
eBook-ISBN: 978-3-96586-628-7

»Friesendolch«, Band 29
Taschenbuch-ISBN978-3-96586-649-2
eBook-ISBN: 978-3-96586-650-8

Klarant Verlag

Lernen Sie die Ostfrieslandkrimi-Titel des Klarant Verlages kennen und besuchen Sie uns im Internet unter:

www.ostfrieslandkrimi.de

und

www.klarant.de

Sie können dort Näheres über unsere Autorinnen und Autoren erfahren, viele weitere interessante Bücher und eBooks finden und Leseproben herunterladen. Mit dem kostenlosen Newsletter auf

www.ostfrieslandkrimi-lesen.de

erhalten Sie aktuelle Informationen rund um das Verlagsprogramm, wie beispielsweise spannende Neuerscheinungen und Gewinnspiele.